AF280189

Martin Krist, geboren 1971, lebt in Berlin. Er arbeitete viele Jahre als leitender Redakteur bei verschiedenen Zeitschriften. Seit 1997 ist er als Schriftsteller tätig. Nach mehr als 30 Sachbüchern, darunter Biografien über die Hamburger Kiez-Ikone Tattoo-Theo, die Punk-Diva Nina Hagen, den Rap-Rüpel Sido, die Grunge-Ikone Kurt Cobain und den gewaltlosen Rebell Mahatma Gandhi, schreibt er seit *2005 Krimis und Thriller.*

www.Martin-Krist.de

Isa Falk, 1983, arbeitete viele Jahre als Polizistin und bringt diese Erfahrung nun in ihre Thriller ein. Seit 2021 widmet sie sich der Schriftstellerei und veröffentlichte unter ihrem Klarnamen Anja Jahnke die erfolgreiche Debütreihe »Liebe rein, Scheiße raus« sowie das Kinderbuch »Gewittergefühle – Warum immer ich?«. »Messers Schneide« ist ihr Thriller-Debüt, das in Zusammenarbeit mit Bestsellerautor Martin Krist entstanden ist.

www.Isa-Falk.de

Martin Krist & Isa Falk

MESSERS SCHNEIDE

Thriller

Lakeside Verlag

Die Deutsche Nationalbibliothek verzeichnet diese Publikation in der Deutschen Nationalbibliografie; detaillierte bibliografische Daten sind im Internet über http://dnb.dnb.de abrufbar.

Originalausgabe bei **Lakeside Verlag**
16. September 2024
Copyright © Martin Krist & Lakeside Verlag UG

Titelbild & Umschlaggestaltung:
Designomicon | Anke Koopmann
unter Verwendung eines Fotos von
© Magdalena Wasiczek / Arcangel
Korrektorat: Julia Kischkel-Fietz (ka-und-jott.de)

Lakeside Verlag UG
Siegfried-Marcus-Str. 12
17192 Waren (Müritz)

Verlag: BoD • Books on Demand GmbH, In de Tarpen 42,
22848 Norderstedt
Druck: Libri Plureos GmbH, Friedensallee 273, 22763 Hamburg
ISBN: 978-3-7597-8396-7

Auf Spotify, Apple & überall,
wo's Podcasts gibt!

Präsentiert von BoD - Books on Demand

In Berlin schläft das Verbrechen nie: Ob spektakulärer
Raub, skrupellose Entführung oder grausamer Mord -
begib dich mit Bestsellerautor Martin Krist
und Ex-Polizistin Isa Falk auf

MÖRDERS SPUR
der Crime Podcast aus Berlin

Produziert von *&Falko by Sarah Lippasson* als eine
Mischung aus Crime-Podcast und Hörspiel, erzählt der
Podcast einen spektakulären Berliner Kriminalfall.

Das Besondere daran: Der Podcast ist eingebunden
in die neue Thrillerreihe »Oswald & Stark«, das neue
Ermittlerteam an der Seite von Kommissar Kalkbrenner.

PROLOG

Bitter.

Der letzte Schluck rinnt meine Kehle hinab. Ekel schüttelt mich. Aber ich kann den Brechreiz unterdrücken. Das habe ich gelernt.

Jetzt gibt es kein Zurück mehr.

Die Töne der Spieluhr verklingen. Endlich schläfst du ruhig in deinem improvisierten Versteck.

Ein lautes Stöhnen durchdringt die dünnen Wände, gefolgt von einem dumpfen Schlag. Ivette ist im Nebenzimmer, voll in ihrem Element. Ihr Lachen mischt sich mit den widerhallenden Geräuschen des Bordells.

Das Geräusch des Lebens, das ich nicht mehr ertrage.

Es klopft. Ich zucke zusammen. Die Tür wird aufgerissen. Leicht benommen starre ich auf Lehnhoff, meinen Zuhälter.

Hämisch grinst er. »Mach dich hübsch, da wartet jemand am Tresen.«

Übelkeit steigt auf. Beim Versuch, aufzustehen, dreht sich alles.

»Schon wieder zugedröhnt, du blöde Schlampe.« Lehnhoff packt meinen Nacken, drängt mich zum Waschbecken.

Ich verspüre Schmerz. Übelkeit. Erschöpfung.

Brutal drückt Lehnhoff meinen Kopf über das Becken, dreht den Wasserhahn auf, spritzt Wasser in mein Gesicht. »Mach dich gefälligst fertig. In zehn Minuten am Tresen.«

Dann geht er, knallt die Tür zu.

Du schreist kurz auf. Behutsam öffne ich den Schrank.

Du schlägst deine kleinen süßen Äuglein auf. Vorsichtig stelle ich die Babyschale neben mein Bett, schaukle sie sanft, wackle an deinem Schnuller.

Du solltest besser schlafen.

Ich ziehe die Spieluhr wieder auf. Die Melodie erklingt.

In einem kleinen Apfel …

Kaum hörbar singe ich mit. Meine Augenlider werden schwer. Plötzlich ein Gerangel auf dem Gang. Lautes Poltern. Ein Kunde tobt, er habe nicht bekommen, wofür er bezahlt hat. »Alles Schlampen hier«, brüllt er.

Ein dumpfer Schlag. Dann Ruhe.

Die Welt verschwimmt vor meinen Augen. Ich schwanke. Mit letzter Kraft greife ich unter mein Kopfkissen, dann öffne ich die Klappe an deiner Babyschale und lege den roséfarbenen Umschlag hinein.

Ich sinke aufs Bett.

Dein kleines zartes Händchen umfasst meinen Zeigefinger.

… fast wie in einem Traum.

Das Letzte, was ich höre, ist dein leises Glucksen.

Dann wird alles schwarz.

Berliner Hauptstadtkurier, 2.1.2002

<u>Selbstmord im Milieu:</u>

JUNGE MUTTER
TOT IM BORDELL!

Von Diethard Wegner

Berlin. – Ein Drama im berüchtigten Bordell *Evita:* Die junge Prostituierte Gabi G. beging Selbstmord, während neben ihr ihr kleines Baby schlief.

Ausgerechnet im *Club Evita*, dessen Betreiber Frank L. ohnehin wegen zwielichtiger Geschäfte in Verruf steht.

Frank L. gibt sich arglos: »Sowas hat's hier noch nie gegeben.«

Doch warum wählte Gabi G. diesen verzweifelten Ausweg? Was trieb sie in den Tod?

Waren es die Arbeitsbedingungen, der immense Druck und die Kriminalität, die im Milieu herrschen?

Dabei sollte die Einführung des Prostitutionsgesetzes am 1.1.2002 alles ändern.

Für Gabi G. kam diese Hilfe zu spät.

Der Notarzt konnte nur noch den Tod der Anfang Zwanzig-jährigen feststellen.

»Gabi war verzweifelt«, erklärte Ivette R., die ebenfalls im *Evita* arbeitet. »Aber niemand wusste genau, was mit ihr war. Ich hätte nicht gedacht, dass sie so etwas tun würde –«

Gabis Baby, gerade sechs Monate alt, wurde in die Obhut des Jugendamtes gegeben.

EINS

Als Benedikt von Oswald erwachte, sah er sie lächeln.

»Guten Morgen«, murmelte sie, während sie sich neben ihm genüsslich unter der bunten, weichen Mako-Satin-Bettwäsche rekelte.

»Mila«, er erwiderte ihr Lächeln, »guten Morgen.«

Sie rückte näher an ihn heran. »Gut geschlafen?«

»Fantastisch, und du?«

»Kann mich nicht beklagen.« Grinsend strich ihre Hand über seine nackte Brust, seinen Bauch, seine Leiste in Richtung –

»Herrgott!«, fuhr Benedikt erschrocken hoch.

Terrie, Milas kleiner Westie, war mit wedelndem Schwanz aufs Bett gesprungen.

Mila lachte.

»Runter mit dir«, zischte Benedikt, »du kleiner Kläffer!«

Terrie legte den Kopf schief und schaute ihn mit großen unschuldigen Augen an, als würde er nicht verstehen.

Benedikt deutete zur Tür. »Da geht's raus, na los!«

Terrie rührte sich nicht vom Fleck.

»Mein Gott, Mila, bitte, mach du ihm klar, dass er im Bett nichts zu suchen hat.«

»Ach komm, er –«

»Wirklich nicht!«

»Ist ja schon gut« Mila setzte Terrie zu Boden. »Aber bei mir zuhause darf er immer ins Bett.« Sie kraulte Terrie die Ohren.

»Dann wird er jetzt lernen müssen, dass das nicht immer geht«, sagte Benedikt, »zumindest nicht bei mir.«

»Aber —«

»Ich weiß, dich gibt's nur im Doppelpack, und ja, du darfst ihn immer gerne mitbringen, aber *hier* bei mir muss er wissen, wo sein Platz ist. Hier bei mir«, mit einem breiten Grinsen zog Benedikt die Bettdecke von Mila weg, »kommt nur einer von euch beiden in mein Bett.«

»Bist du verrückt? Ich erfriere.« Schnell schlüpfte sie unter seine Decke. Ihre kalten Füße drängten sich an seine warmen Beine. »Über die Sache mit dem offenen Fenster bei Minusgraden werden wir auch noch verhandeln müssen«, kündigte sie an und schmiegte sich an ihn.

»Apropos … äh … verhandeln«, druckste er. »Oh Gott, ich weiß nicht, ob es noch zu früh ist, aber …« Er hielt inne, nicht sicher, wie er es sagen sollte.

»Ja?« Neugierig drehte sich Mila auf den Bauch und sah ihn verliebt an.

Was ihm die Frage schließlich leichter machte. »Also, meine Mutter hat uns am Wochenende eingeladen.«

»Okay«, Mila schien ein Schmunzeln nicht unterdrücken zu können, »und wo ist das Problem?«

»Wie gesagt, vielleicht hältst du es noch für zu früh. Ich

meine, so lange kennen wir uns ja auch noch nicht und …«
Er stockte. »Es ist ihr Geburtstag, was bedeutet, der Rest
der Familie wird auch anwesend sein. Vielleicht wäre dir
deshalb ein anderer Anlass –«

»Nein«, unterbrach ihn Mila, »ich freue mich.«

Er wollte etwas erwidern.

Sie legte ihm ihren Zeigefinger auf die Lippen. »Ist doch
ein schöner Anlass, ihr Geburtstag.«

»Und du hältst es wirklich nicht für verfrüht?«

»Nein, warum?« Sie zwinkerte ihm zu. »Musst ihr ja nicht
erzählen, dass wir uns vor ein paar Wochen erst auf Tinder
entdeckt haben.«

»Oh Gott, nein, das auf keinen Fall!«

Mila lachte. »It's a match«, begeistert schnappte sie sich
ihr Handy vom Nachttisch. »Komm, ein Foto!«

»Nein, Mila, ich bin –«

»Nur zur Erinnerung an diesen denkwürdigen Morgen –
die erste Einladung zur großen Familienfeier bei den von
Oswalds.«

»Du machst dich lustig über mich!«

»Keineswegs!«

»Wenn du nicht zur Feier möchtest, dann –«

»Doch, möchte ich, sehr gerne sogar.« Sie gab ihm einen
Kuss, dann entsperrte sie ihr Handy.

»Mila«, japste er, »nicht dein Ernst?«

»Was?«

»Dein Geburtsjahr als Pin? Wirklich?«

»Jetzt lass mal nicht wieder den Bullen raushängen.« Mila knuffte ihn in die Seite. »Zeig dich von deiner außerdienstlichen Seite, so wie …«, wieder gab sie ihm einen Kuss, »wie letzte Nacht.« Kichernd hielt sie das Handy nach oben. Auf dem Display sahen sie ein verliebtes, von der Nacht gezeichnetes Paar und mussten lachen.

Benedikt küsste Mila auf die Stirn, als sich *Take Five* vom Dave Brubeck Quartet in die romantische Zweisamkeit mischte. Behutsam zog er seinen Arm unter Milas Kopf hervor. »Da muss ich ran.«

»Aber dein Dienst fängt doch erst –«

»Tut mir leid.« Schon hatte Benedikt sein Handy in der Hand. »Uschi?«

»Wir haben einen Toten«, meldete sich Ursula Buschmann, Kriminalhauptkommissarin und seine Kollegin im Morddezernat, »ich hole dich gleich ab. Gib mir zwanzig Minuten.«

»Weiß Jamina auch schon Bescheid?«

»Sie ist unterwegs.«

»Bis gleich.« Benedikt legte auf, stemmte sich aus dem Bett und kraulte Terrie kurz die Ohren, bevor er zum Kleiderschrank ging.

Mila blieb liegen und zog einen Schmollmund.

»Sei mir nicht böse«, sagte er, während er sich ankleidete, »aber ich muss los.«

»Irgendwie hatte ich mir den Tag anders vorgestellt.«

»Ich mir auch, aber … ich hab dich gewarnt.« Er setzte sich zu Mila ans Bett und knöpfte sein Hemd zu. Er lächelte entschuldigend. »Ein Bulle ist nie wirklich –«

»Wirklich?« Mit ihrem verführerischen Grinsen schob sie die Decke beiseite und gewährte ihm noch einmal einen Blick auf ihre langen schlanken Beine. »Du ziehst also die Verbrecher mir vor?«

»Führe mich nicht in Versuchung …«

Milas nackter Po kam zum Vorschein, ihr Bauch, ihre Brüste.

»… aber ja, in diesem Fall hat der Verbrecher tatsächlich Vorrang.«

»Wie schade«, enttäuscht raffte sie die Bettdecke wieder über sich.

»Aber du«, zärtlich stupste er ihr die Nasenspitze, »kannst noch frühstücken, wenn du magst.«

»Ach, so ganz allein.«

»Terrie ist doch da.«

»Sehr witzig.«

»Mila, wirklich, nur zu gerne würde ich bleiben, das darfst du mir glauben, aber …« Er blickte auf die Uhr. »Gleich muss ich los.« Dann stand er auf und wollte ins Bad. Auf halber Strecke blieb er stehen. »Du könntest mir helfen.«

»Wobei?« Mila hob erwartungsvoll den Kopf.

»Setzt du mir bitte einen Ingwertee auf?«

»Ach …« Enttäuscht sank sie zurück aufs Kissen.

»Mir fehlt die Zeit, aber du weißt, ich brauch morgens meinen Tee.«

Amüsiert stemmte sich Mila aus dem Bett.

Sie kannten sich erst seit wenigen Wochen, aber dass Ingwertee für ihn unabdingbar war, hatte sie von Anfang an mitbekommen.

»Danke.« Er eilte weiter ins Bad. »Mein To-go-Becher steht noch in der Spüle.«

Bevor die Tür hinter ihm zufiel, sah er Mila, wie sie in ihre Pantys und ihr knappes Unterhemd schlüpfte, ehe sie in Richtung Küche wackelte.

Prompt bereute er wieder, dass er gleich zum Einsatz musste.

Als er das Bad verließ, stand der Tee bereit.

In der einen Hand hielt Mila seine Lederjacke, in der anderen seinen Wohnungsschlüssel.

»Danke.« Er küsste sie und nahm sie in den Arm.

»Sehen wir uns heute Abend?«

»Ich hoffe doch sehr.«

»Diesmal bei mir?«

Benedikt brummte.

»Mensch«, sofort zog Mila wieder einen Schmollmund, »wann übernachtest du endlich mal bei mir?«

»Das fragst du mich schon die ganze Zeit.«

»Ja, weil wir immer nur bei dir pennen.«

»Du weißt, dass ich am besten in meinem eigenen Bett schlafen kann.«

»Du bist bisher nicht ein einziges Mal bei mir gewesen.«

»Na hör mal, ich hab dich schon ein paarmal zum Gassi mit Terrie abgeholt.«

»Ja richtig, abgeholt, aber warst du in meiner Wohnung?«

»Mila …«

»Warum eigentlich nicht?«

»Bald«, wich er aus.

Skeptisch sah Mila ihn an.

»Wirklich.« Benedikt küsste sie. »Versprochen.« Mit diesen Worten eilte er zur Wohnungstür hinaus.

ZWEI

Mit der weißen Rose in der Hand trete ich an das Urnengrab.

Unaufhörlich rinnen Tränen über meine kalten Wangen und drohen, bei dem frostigen Wetter zu gefrieren.

Mein Atem bildet Wolken vor meinem Gesicht, während ich noch einmal in das offene Grab meiner Tante blicke.

Mit ihr starb die Hoffnung auf Antworten.

Während ich Erde hinabrieseln lasse, vibriert das Handy in meiner Hosentasche.

Nicht schon wieder ein Kunde.

Alex legt seinen Arm um meine Schultern und führt mich vorbei am trauernden Onkel Bernd, der schwankend neben seiner einzigen Tochter Susan steht.

Sie würdigt mich keines Blickes.

»Mein Beileid«, murmle ich kaum hörbar.

Onkel Bernd schaut mich mit geröteten Augen an. »Danke.« Er senkt den Kopf.

Trotzdem schlägt mir ein scharfer Alkoholgeruch entgegen. Selbst an diesem Tag schafft er es nicht ohne. Oder gerade wegen des Anlasses.

Immerhin waren er und seine Gitta vierunddreißig Jahre lang verheiratet. Sie hat ihn stets in Schutz genommen, Ausreden erfunden, warum er nicht zur Arbeit kam, und hat ihn gefahren, wenn er nicht konnte. Phasenweise war er sogar trocken. Doch sobald ein Problem auftauchte, war der Alkohol für ihn da.

Und es tauchten immer wieder Probleme auf.

Jetzt fegt ein eisiger Wind über den Waldfriedhof.

Schnellen Schrittes eilen wir entlang des Hauptweges vorbei an etlichen Gräbern in Richtung Ausgang.

Gegenüber dem Friedhof befindet sich ein Café, in das Onkel Bernd die Trauergäste an diesem besonderen Vormittag auf einen Kaffee oder eben Bier einlädt.

»Ganz, wie ihr wollt«, knurrt er und bestellt sich ein großes Helles und einen doppelten Korn.

»Paps, übertreib bitte nicht«, mischt sich Susan in die Bestellung ein.

Der Kellner schaut irritiert.

Bernd winkt ab. »Susi, halt dich da mal schön raus. Ich weiß, wann Schluss ist.«

»Jetzt, wo Mama nicht mehr da ist …« Susan schluckt und wischt sich eine Träne aus dem Augenwinkel, »glaube ich das eben nicht.«

»Sag mal —«

»Nein, ernsthaft. Mama hat immer auf dich geachtet und vor Gott und der Welt in Schutz genommen, wenn du mal wieder vollgekotzt irgendwo rumgelegen hast. Jetzt bist du —«

»Was fällt dir ein, du ungehobelte Göre! Kommst selbst mit deinem Leben nicht klar, aber machst mir Vorwürfe?«

»Nee, Papa, Sorgen. Es sind Sorgen, dass du abstürzt. Diesmal so richtig.«

»Lass stecken. Jetzt ist's eh egal.« Bernd wendet sich seiner Schwester zu, die neben ihm beschämt in der Karte blättert.

Der Kellner bringt die Getränke.

Sofort schüttet Bernd sich den Korn hinunter.

Susan wendet sich kopfschüttelnd ihrer Cousine zu.

Mein Handy vibriert erneut und reißt mich aus den Gedanken.

Augenblicklich weicht das Bild vom vollgekotzten Onkel einer anderen Fratze.

Eilig schiebe ich Alexanders Hand von meinem Oberschenkel und stehe auf. »Ich muss da kurz ran, Alex.«

Ohne seine Antwort abzuwarten, gehe ich vor das Café.

Der eisige Wind lässt mich zitternd den Anruf annehmen.

»Wo treibst du dich rum?«, blafft eine Stimme.

»Ich bin heute bei der Beerdigung meiner Tante, Viktor. Das sagte ich dir bereits.«

»Werd mal nicht frech, du Fotze. Schaff endlich die Kohle ran, die du mir schuldest.«

»Ich schulde dir –«

»Meine Geduld hat echt Grenzen!«

Ich spüre die aufsteigende Hitze. »Ja doch. Ich versuche heute noch –«

»Ist mir egal, was du versuchst. Schwing deinen Arsch ins *Velvet*.« Noch bevor ich antworten kann, legt Viktor auf.

DREI

Den To-go-Becher mit heißem Ingwertee in der Hand stieg Benedikt in den klapprigen Benz seiner Kollegin Ursula Buschmann.

Finster deutete sie auf den dampfenden Becher. »Und was ist mit mir?«

»Woher soll ich wissen, dass du einen Tee möchtest?«

»Weil du weißt, dass diese verdammte Heizung nicht funktioniert.«

»Mal wieder?«

»Immer!« Frustriert schlug Buschmann gegen das klappernde Armaturenbrett ihres alten Mercedes. *»Immer!«*

»Möchtest du meinen?« Er hielt ihr den Becher hin.

»Nein, lass mal.« Sie rümpfte die Nase, als wäre ihr allein der Gedanke zuwider.

Achselzuckend drückte Benedikt sich den dampfenden Becher an die klammen Finger. »Und wo geht's hin?«

»Plötzensee.«

»Plötzensee?«

»Ja, Plötzensee, warum?«

»Irgendetwas klingelt da bei mir.«

»In Plötzensee steigt unser diesjähriges Dezernatsevent«, sagte Buschmann.

»Sag bloß«, Benedikt grinste, »hat Leon die teambildende

Maßnahme etwa vorgezogen?« Er blickte zum Wagenfenster raus. »Vielleicht noch etwas zu kalt für Bogenschießen und Survivaltraining, oder?«

Wieder verzog Buschmann ihr Gesicht. »Ja, Leon und seine Ideen.« Sie setzte den Blinker und verließ den Ernst-Reuter-Platz in Richtung Alt-Moabit. »Warum hat Dr. Salm ausgerechnet ihm die Planung anvertraut?«

»Herrgott, das weißt du doch!«

»Ja, aber –«

»Nach seiner letzten Aktion soll er etwas mehr Teamgeist beweisen.«

»Indem er unser Sommerfest organisiert?«

»Wenn es hilft.«

»Na hoffentlich.« Buschmann schnaubte, denn auch ihr war noch zu gut in Erinnerung, wie Leon Pospiech, der jüngste Kollege im Team, bei ihrem letzten Fall wiederholt mit übertriebenem Diensteifer vorausgeprescht und deshalb beinahe das Leben einer entführten Kollegin gefährdet hatte. »Sei es drum«, wechselte sie das Thema, »wir haben einen Toten.«

»Am Plötzensee?«

»Sagte ich doch.« Wieder hämmerte Buschmann auf das Armaturenbrett. Fast übersah sie die Autos, die sich vor ihr stauten. Gerade noch rechtzeitig brachte sie ihren Mercedes zum Stehen.

Auf der vereisten Fahrbahn war ein kleiner Twingo ins

Rutschen geraten und frontal in einen parkenden Lkw gekracht.

»Und was ist passiert?«, fragte Benedikt.

Buschmann ächzte. »Weiß ich auch noch nicht, mehr hat mir der Chef nicht gesagt.«

»Dr. Salm?«

»Wer denn sonst?«

»*Er* hat angerufen?«

»Hörst du mir eigentlich nicht zu?«

»Gottverdammt, nein …«

»Du hörst mir nicht zu?«

»Also ja, Uschi, ja doch«, beeilte sich Benedikt, hinzuzufügen, »ich hör dir zu. Aber wieso ruft der Chef *dich* an?«

»Was weiß ich.« Buschmann zuckte mit den Schultern, was ihr ein Stöhnen entlockte. Offenbar machte ihr auch wieder ihr rheumatischer Rücken zu schaffen. »Er hat gesagt, wir sollen rausfahren, es gibt einen Toten.«

»Und was genau ist mit dem Toten?«

»Mensch, du hörst mir wirklich nicht zu!«

»Aber —«

»*Mehr hat mir der Chef nicht gesagt!*«, blaffte Buschmann und hüllte sich für den Rest der Fahrt in Schweigen.

Mürrisch klopfte sie immer wieder aufs Armaturenbrett, aber die Heizung blieb aus.

Derweil trank Benedikt seinen heißen Ingwertee.

Schließlich hatten sie ihr Ziel erreicht, die Laubenpieperkolonie Plötzensee – unzählige Gartenhütten auf kleinen quadratischen Grundstücken, die meisten umringt von Hecken und Zäunen. Bei diesen eisigen Temperaturen waren fast alle Kleingärtner nicht vor Ort.

Auf dem nahezu leeren Parkplatz stand ein Rettungswagen, die Seitentür offen, daneben Leon Pospiech, der ungeduldig ins Innere blickte.

Dort kümmerten sich zwei Rettungssanitäter um eine ältere Dame.

»Wenn mich mein Rücken hier in die Knie zwingt«, stöhnend quälte sich Buschmann in die Kälte hinaus, »dann hab' ich gleich Hilfe hier.«

»Vielleicht solltest du noch mal zum Arzt«, schlug Benedikt vor.

»Ach, geht schon«, murmelte sie, ihre Hand fest auf dem schmerzenden Rücken.

Benedikt stieg ebenfalls aus und glitt beinahe auf einer gefrorenen Pfütze aus. »*Gottverdammt!*«

In sein Fluchen drang die aufgelöste Stimme der alten Dame im Rettungswagen. *»Der hat ihn einfach umgebracht.«*

»Benedikt! Uschi!«, rief Pospiech, der sie beide bemerkt hatte und auf sie zueilte. »Endlich, da seid ihr ja.«

Einer der Sanitäter nutzte die Gelegenheit und schloss die Tür zum Rettungswagen.

Pospiech bekam es mit. »Verflixt, hey!«, rief er empört

und wollte zurück zum Rettungswagen. »Ich war doch noch gar nicht fertig mit der Vernehmung!«

»Leon, warte!«, hielt Benedikt ihn zurück. »Mal langsam.«

»Ja doch, aber –«

»Langsam!«, mahnte Benedikt.

Widerstrebend blieb Pospiech stehen.

»Was genau ist passiert?«

»Ein Toter!«

»So weit waren wir auch schon.«

»Genau, ein Mord!«

»Klar«, seufzte Benedikt, »sonst hätte man uns wohl nicht gerufen.«

»Und wo ist die Leiche?«, fragte Buschmann.

»Kommt mit!« Schon lief Pospiech los. »Ich zeig's euch!«

Während sie ihm über den Hauptweg folgten, fragte Benedikt: »Wissen wir, wer der Tote ist?«

»Nein, leider nicht«, bedauerte Pospiech, »er hat weder Ausweis noch Handy dabei.«

»Fingerabdrücke?«

»Ja doch, die wurden ihm abgenommen, sind aber in der Datenbank nicht registriert.«

»Und wer ist die Frau im Krankenwagen?«, hakte Benedikt nach.

»Sie hat den Mord mitbekommen.«

»Hat sie eine Gartenlaube hier?«

»Aber ja, direkt neben dem Tatort.«

»Kennt *sie* den Toten?«

»Angeblich hat sie ihn hier noch nie gesehen.« Pospiech blieb vor der siebten Parzelle auf der rechten Seite stehen.

Ein kleiner grüner Rankbogen überspannte den Eingang.

Die Leiche lag vor der Stufe zur Laube. Mit dem Schädel schien sie auf die Stufenkante gestürzt zu sein.

Nicht weit von ihren Füßen befand sich eine weitere Eispfütze.

Buschmann runzelte die Stirn. »Ist er etwa ausgerutscht?«

»Nein!«, widersprach Pospiech.

»Er ist nicht gestürzt?«

»Verflixt, nein!«

Durch eine Lücke in der Hecke zum Nachbargrundstück erschien Dr. Franziska Bodde, die Leiterin des Tatort- und Erkennungsdienstes. »Guten Morgen, Frau Buschmann.«

»Guten Morgen.«

»Guten Morgen, Herr von Oswald.«

»Morgen.« Noch immer betrachtete Benedikt die Leiche.

Als wüsste Dr. Bodde um seine Gedanken, sagte sie: »Und um ehrlich zu sein, so wirklich weiß ich nicht, warum wir hier sind.«

»Wer hat Sie denn herbestellt?«, fragte Buschmann.

»Na ich!«, erklärte Pospiech.

»Warum?«, fragten Dr. Bodde und Buschmann wie aus einem Mund.

»Ja aber«, Pospiech hob mahnend den Finger, »weil es sich doch um Mord handelt!«

»Sagt wer?«, hakte Benedikt nach.

»Na, die Zeugin!«

»Die im Rettungswagen?«

»Ja genau!«

Nachdenklich kehrte Benedikts Blick zurück zu der Leiche, von der sich eine Blutlache über den Kantenstein zog.

Wieder sprach Dr. Bodde seinen Gedanken aus. »Es könnte aber auch ein Unfall gewesen sein.«

»Könnte«, wiederholte Pospiech, »aber die Zeugin hat ausgesagt, der Mann sei umgebracht worden!«

»Und was sagt der Gerichtsmediziner?«, fragte Benedikt.

»Dr. Wittpfuhl hat erklärt«, Pospiech schüttelte empört den Kopf, »er habe keine Zeit, sich um, wie sagte er? *Um Eventualitäten zu kümmern.*«

»Womit er nicht ganz Unrecht hat«, erwiderte Dr. Bodde.

»Also muss die Staatsanwaltschaft eine Obduktion anordnen!«, verlangte Pospiech.

»Leon«, sagte Benedikt, »ich glaube, dass –«

»Frau Dr. Bodde«, ließ Pospiech ihn nicht ausreden und wendete sich der Kriminaltechnikerin zu, »was ist mit der Leiche? Können *Sie* mögliche Verletzungen, Wunden erkennen, die den Mordverdacht erhärten?«

»Also *dafür* bin ich nicht zuständig.«

»Trotzdem, können Sie?«

»Wie gesagt«, Dr. Bodde hob bedauernd die Schultern, »es schaut eher danach aus, dass das Opfer unglücklich gestürzt und mit dem Kopf auf den Bordstein geschlagen zu sein scheint.«

»Ja aber –«

»Eine fundiertere Aussage kann nur der Gerichtsmediziner treffen.«

»Der aber aufgrund vager Mutmaßungen nicht hergefahren kommt«, erinnerte Benedikt.

»Frau Dr. Bodde«, Pospiech ließ nicht locker, »gibt es andere mögliche Spuren, die auf Mord hindeuten?«

Dr. Bodde kniff die Augenbrauen zusammen. »Ich wüsste nicht –«

»Fingerabdrücke! Haben Sie Fingerabdrücke sichern können?«

»Natürlich haben wir Fingerabdrücke sichern können, die des Toten –«

»Verflixt, nicht die des Toten!«

Dr. Bodde lächelte nachsichtig. »Ja, wir haben fremde Fingerabdrücke an der Leiche oder in ihrer direkten Umgebung sichern können, leider aber nur Teilspuren, deshalb nicht verwertbar.«

Pospiech wollte etwas erwidern.

»Und selbst wenn sie es wären«, kam ihm Dr. Bodde

zuvor, »und wenn sie dann noch in der Datenbank registriert wären, sie würden keinen Mord beweisen!«

»So es denn überhaupt ein Mord war«, meinte Benedikt.

»War es!«, warf Pospiech ein.

»Oder auch nicht.«

»Ja aber, die Zeugin, Benedikt, die Zeugin.«

»Ich möchte mit ihr reden.«

»Was ist mit Fasern?«, überging Pospiech die Worte. »Oder Haare, Dr. Bodde?«

Die Kriminaltechnikerin nickte. »Haben wir ebenfalls an der Leiche gesichert, aber auch sie beweisen keinen Mord.«

»Nehmen Sie trotzdem eine DNA-Auswertung vor?«

»Sofern dies notwendig ist, natürlich, aber …«

»Aber ja!«, stieß Pospiech hervor.

»Leon«, versuchte Benedikt, ihn zu bremsen.

»… die Auswertung wird dauern«, schloss Dr. Bodde ihren Satz.

Benedikt brummte. »Ich glaube nicht, dass —«

»Verflixt!«, fluchte Pospiech. »Es war Mord! Warum sollte die Zeugin das einfach nur so behaupten? Wieso sonst sollte sie unter Schock stehen?«

»Ich werde selbst mit ihr reden.« Benedikt drehte sich um. Verwundert kreiste sein Blick über die Hütten der Laubenpieperkolonie. »Sag mal: Wo steckt eigentlich Jamina?«

VIER

»Zieh … zieh die Tür … die Tür einfach zu«, lallt Onkel Bernd und winkt dem Kellner. »Noch nen Doppelten.«

»Möchtest du nicht besser mitkommen?«, sorgt sich Alex.

»Lass ihn«, antworte ich prompt.

»Genau«, wirft Susan ein, »lass ihn einfach. Er kommt schon klar. Hat ja nur seine Frau verloren. Passt schon.« Mit ihrem abschätzigen Blick gibt sie mir zu verstehen, dass es Zeit ist, zu gehen. »Ich kümmere mich um Papa!« Sie wendet sich ihm zu. »Du kommst heute besser mit zu mir.«

Dieses kleine hinterhältige Biest will einfach nicht verstehen, dass ich nicht für alles Unheil dieser Welt verantwortlich bin.

Selbst wenn sie in mir stets den Sündenbock sieht.

Mit geballten Fäusten hole ich tief Luft und überlege kurz, was ich ihr zum Abschied mitgebe.

Doch Alex scheint meine Anspannung zu bemerken. »Komm, wir gehen.« Er legt seine Hand auf meinen Rücken. »Susan kümmert sich. Gitta hätte keinen Streit auf ihrer Beerdigung gewollt.«

Augenblicklich ist da dieses Gefühl der Geborgenheit, das ich bei Alex immer verspüre, und es lässt meinen Ärger verblassen. Nicht zum ersten Mal frage ich mich, was ich bloß ohne ihn täte.

Dennoch: »Ich bräuchte den Schlüssel zu eurer Wohnung«, sage ich zu Onkel Bernd.

Er kriegt es in seinem Zustand kaum noch mit.

»Warum?«, fragt stattdessen Susan, sofort wieder in Lauerstellung. »Was willst du noch in der Wohnung meiner Eltern?«

Erneut stellt sich bei mir die Anspannung ein. Ich atme durch. »Ich möchte meine Sachen abholen.«

»Welche Sachen?«

»Alles, was noch mir gehört, Fotos, CDs …«, ich schlucke, »Erinnerungen an Gitta.«

»Meinetwegen«, murmelt Susan, aber sie klingt, als wäre es ihr alles andere als recht. Sichtlich widerwillig fingert sie an ihrem Schlüsselbund und reicht mir schließlich einen Schlüssel. »Leg ihn auf den Küchentisch, okay?«

Mit gesenktem Kopf folge ich Alex aus dem Café.

Den Mantelkragen aufgestellt und die Enden vor meinem Gesicht zusammenhaltend, eilen wir zu unserem alten beigen Škoda schräg gegenüber.

Alex lenkt den Wagen über die Charlottenburger Chaussee in Richtung Stresow.

Irgendwann vibriert mein Handy.

Schwing deinen Arsch ins Velvet.

»Möchtest du nicht nachsehen?«, fragt Alex.

»Nein«, wiegele ich ab, »was kann jetzt schon Wichtiges sein?«

»Aber –«

»Alex, bitte, lass uns meine Sachen abholen und dann nach Hause fahren. Das Ganze ist schon anstrengend genug.«

»Wie du meinst, Schatz.«

Kurz darauf erreichen wir unser Ziel. Die Wohnungstür knarzt und sofort stellt sich dieses seltsame Gefühl des Heimkommens ein.

Kurz verharre ich auf der Türschwelle, als mir der Geruch von altem Mensch und Alkohol entgegenschlägt.

»Was ist? Geh schon!« Alex geht an mir vorbei. »Ich muss nachher noch zum Dienst.«

»Es ist wirklich seltsam, nach so langer Zeit hierherzukommen.«

»Das glaube ich dir, Schatz. Bernd hätte die Kiste auch einfach mitbringen können. Dann hätten wir uns den Weg gespart. Wo, sagte er, hat er sie hingestellt?«

»Auf den Wohnzimmertisch.« Langsam schreite ich durch den Flur, vorbei an der Küche, dem fensterlosen Badezimmer, um das Susan und ich uns morgens regelmäßig das Zoffen kriegten.

Plötzlich sehe ich Kindheitsbilder vor meinem inneren Auge, die ich lange verdrängt habe.

Das Gefühl, nicht dazuzugehören, anders, ja, ein

Fremdkörper in dieser Familie zu sein, drängt sich erneut auf.

Das neuerliche Vibrieren meines Handys reißt mich aus den Erinnerungen.

»Willst du nicht endlich mal rangehen, Schatz?«, verlangt Alex.

Ein Blick auf die unbekannte Nummer verrät: kein guter Zeitpunkt.

Schwing deinen Arsch ins Velvet.

»Ist nur Lu«, lüge ich, »ich rufe später zurück!«

»Ach so, dann komm. Ich hab die Kiste gefunden. Möchtest du sie gleich hier durchsehen?«

Mein Blick fällt in das dunkle Wohnzimmer. Noch immer die vergilbte Couch von damals. Der schiefe Lampen-schirm. Die Ikea-Schrankwand mit der kaputten Tür, die zumindest nicht mehr in den Angeln hängt, sondern abgerissen daneben steht.

Ein Fach voller Schnapsflaschen.

Keine Veränderung seit meinem Auszug, nicht die geringste.

Bedächtig hebe ich den Deckel der kleinen Pappkiste an. Oben auf liegt eine kleine gehäkelte Puppe, die Gitta mir zur Einschulung geschenkt hat.

Darunter Fotos von gemeinsamen Ausflügen.

»Schau mal«, sage ich zu Alex, »hier ist Susan zu sehen. Und sie war schon immer einfach griesgrämig.« Ich blättere weiter in der losen Fotosammlung. »Hier auch, und schau hier, wie sie die Arme verschränkt.«

»Du hingegen gut gelaunt an der Seite von Gitta.« Alex legt seine Hand auf meinen Arm, wieder eine Berührung, die mich glücklich macht. »Schätze, sie war eifersüchtig.«

»War?«

Alex lacht. »Recht hast du. Aber Schatz, wir sollten uns langsam wirklich beeilen. Ich muss doch noch –«

»Schau mal«, unterbreche ich ihn, »dieses Foto kenne ich noch gar nicht.« Irritiert betrachte ich das Bild.

FÜNF

Benedikt starrte seine Kollegin an. »Echt jetzt?«

»Was?«, fragte Jamina Stark, Kriminaloberkommissarin und seine Kollegin.

»Zwei Stunden!«

»Anderthalb.«

»*Fast* zwei Stunden.« Er seufzte. »Zwei Stunden ist es her, dass Uschi dich angerufen hat.«

Stark zuckte mit den Schultern. »Es gab einen Stau auf der A115.«

»Dann mach das Blaulicht an.«

»Ich habe —«

»Herrgott, Jamina!«

»Jetzt pass mal auf, Benedikt«, Starks Augen funkelten vor Wut, »du kannst dich glücklich schätzen …«

»Es geht nicht um mich!«

»… dass ich meinen freien Tag opfere …«

»Es geht um deinen Job!«

»… und Liz wieder enttäusche.« Liz war Starks vierzehnjährige Tochter. »Glaubst du, *mir* fällt es leicht, alles unter einen Hut zu kriegen, Tochter, Job und —«

»Wie lange willst du noch in Potsdam wohnen bleiben? Zieh endlich nach Berlin!«

»Du hast leicht reden!«, murrte Stark.

Pospiech räusperte sich verlegen. »Sagt mal –«

»*Was?*«, fuhren Benedikt und Stark ihn wie aus einem Munde an.

Erschrocken trat Pospiech einen Schritt zurück. »Äh«, stammelte er, »möchtet ihr eure Diskussion vielleicht woanders fortsetzen?« Entschlossener fügte er hinzu: »Immerhin sind wir hier noch nicht fertig.«

Verstimmt wendete sich Benedikt Pospiech und Buschmann zu. »Durchkämmt ihr bitte die Kolonie nach Zeugen, vielleicht kennt ein anderer Gartenbesitzer den Toten.«

»Ja, aber es gibt keine anderen Zeugen!«

»Gar keine?«

»Bei diesem Wetter ist hier nichts los.« Pospiech holte Luft. »Außerdem muss ich doch die alte Dame im Rettungswagen vernehmen.«

»Ich sagte doch, um die kümmern wir uns selbst«, erwiderte Benedikt und gab Stark ein Zeichen, ihm zum Parkplatz zu folgen.

Pospiech ließ den Kopf hängen und verließ mit Buschmann das Grundstück.

»Leon«, rief Stark ihm beschwichtigend nach, »die Suche nach weiteren Zeugen ist ebenso wichtig.«

Pospiech verzog grimmig das Gesicht.

Unterdessen eilte Benedikt voraus zum Rettungswagen.

Kaum dass sie sich ihm näherten, vernahmen sie einen

verzweifelten Schrei. *»Nein!«* Die aufgebrachte Stimme der älteren Dame drang aus dem hinteren Teil des Rettungswagens. *»Jetzt lassen Sie mich gehen!«*

»Nun beruhigen Sie sich doch bitte«, bat ein Rettungsassistent.

»Ich will jetzt endlich gehen!«

»Aber die Polizei wird noch mit Ihnen reden wollen.«

»Hilfe!«, rief die Dame. *» Warum hilft mir denn niemand?«*

»Ihre Enkelin wird Ihnen helfen, wir haben sie bereits informiert. Sie wird sicher gleich hier sein.«

»Und was, wenn nicht? Wenn dieser Mann zurückkommt?«

»Welcher Mann?«

»Dieser Mörder! Dieser Mörder!«

»Keine Sorge, die Polizei ist hier, wir sind sicher.« Mit einem Augenzwinkern begrüßte der Rettungsassistent die Kommissare. Dann richtete er seine Aufmerksamkeit erneut auf die Patientin. »So dann, Frau Meyer. Hier sind sie schon, die Polizisten, Ihr Freund und Helfer. Ihre Enkelin wird sicher auch gleich da sein.« Dann trat er mit einem Klemmbrett in der Hand aus dem Rettungswagen. »Ihre Patientin«, flüsterte er Stark zu.

Es war Benedikt, der in den Transporter stieg und sich auf den Sitz neben der Trage niederließ. »Mein Name ist von Oswald, Kriminalhauptkommissar, und das dort ist …« Er hielt inne, weil sein Handy summte.

Er warf einen Blick auf das Display.

Eine WhatsApp von Mila: *Danke für die schöne Nacht, freu mich aufs nächste Mal.*

Er widerstand einem Lächeln, erklärte stattdessen: »Das ist meine Kollegin«, er zeigte hinaus zu Stark, die an der geöffneten Schiebetür stand, »Kriminaloberkommissarin Stark.«

»Hübsch«, der Blick der alten Dame blieb an Stark haften, »wie meine Enkelin.«

»Frau Meyer«, Benedikt versuchte, die Aufmerksamkeit auf sich zu lenken, »wir müssen Ihnen einige Fragen stellen.«

»Erika ist so ein hübsches Mädchen«, fuhr die alte Dame fort, »wie ihre Mutter. Und so fleißig. Sie macht gerade ihren Abschluss, will Ärztin werden.« Ihre Augen glänzten vor Stolz.

»Frau Meyer«, mischte sich Stark ein, »wir haben einige Fragen an Sie.«

Irritiert sah die alte Dame zu Benedikt. »Und Sie sind?«

»Wie gesagt, Kriminalhauptkommissar von Oswald.«

»Meyer, Angelika Meyer, erfreut.« Sie reichte Benedikt die Hand.

Er ergriff sie und setzte erneut an. »Frau Meyer, wir müssen Sie zu Ihren Beobachtungen befragen.«

»Meine was?«

»Ihre Beobachtungen.«

»Was habe ich denn beobachtet?«, fragte die alte Dame. Verwundert sah Benedikt sie an.

»Frau Meyer«, übernahm Stark erneut, »uns wurde gesagt, Sie wollen einen Mord gesehen haben?«

»Einen Mord?« Die alte Dame schlug die Hände vor dem Mund zusammen. »Meine Güte, ein Mord, wie schrecklich!«

SECHS

Alex blickte über meine Schulter auf das Foto. »Wer ist das da im Krankenhaus?«

»Wenn du mich fragst, dann … dann ist das meine Mutter.«

»Sicher?«

»Schau doch, sie hält mich im Arm.« Meine Stimme bricht. Unwillkürlich schießen mir Tränen in die Augen. »Alex, kannst du das glauben?«

»Also ich weiß nicht.«

»Jedes Mal«, übergehe ich Alex' Zweifel, »wenn ich nach ihr gefragt habe, ist mir Tante Gitta ausgewichen.«

»Aber —«

»Gitta hat mich angelogen, Alex!« Empört schüttle ich den Kopf. »Immer!« Ich wische mir die Tränen weg. »Immer hat sie getan, als ob meine Mutter nie existiert hätte. Totgeschwiegen hat sie sie.«

»Mag sein, aber trotzdem …«, Alex legt mir seine Hand auf den Arm, »woher willst du wissen, dass die Frau auf dem Foto deine Mutter ist? Und dass du das Baby bist?«

»Schau doch genau hin!«, zische ich und entwinde mich seiner Berührung, die diesmal alles andere als beruhigend auf mich wirkt. »Hier!« Mit zitterndem Finger deute ich auf das Bild.

Neben der Frau steht eine kleine Babywiege, daran ist ein Etikett befestigt.

Alex liest: »Antonia Gerber, geboren 11. Juni 2001.« Er hält kurz inne. »Und schau mal, wer da bei dir und der Frau …«

»Meine Mutter!«

»… am Bett sitzt.«

»Eben«, ich nicke aufgewühlt, »Gitta und die kleine Susan, schon damals mit ihrem mürrischen Gesichtsausdruck.«

Alex schmunzelt. »Sie ahnte schon früh, dass du mal zu ihrem Problem wirst.«

Was mich dann doch kurz lächeln lässt, als ich mir die zweijährige Susan mit ihrem grimmigen Gesicht vorstelle.

Ich nehme die leere Kiste und drehe sie, wie zum Beweis, dass nichts mehr drin ist, auf den Kopf. »Das war's.«

Mein Blick wandert über den Stapel alter Fotos, selbstgemalter Zeichnungen und einer CD mit Kinderliedern, bevor er zur leeren Kiste zurückkehrt.

Mit einem tiefen Seufzen lasse ich mich auf die versiffte Couch sinken. »Ich dachte, er hätte ihn mit hineingelegt.«

»Wer?«

»Na, Onkel Bernd.«

»Und was?«

»Na, den Brief.«

»Welchen Brief?«

»Tante Gitta hat mir einen Brief geschrieben.«

»Woher weißt du das?«, fragt Alex.

»Sie hat es mir gesagt«, erkläre ich. »Und dass ich ihn erst nach ihrem Tod zu lesen bekommen sollte.«

»Warum denn das?«

»Das weiß ich nicht, aber … sie meinte, Onkel Bernd würde ihn mir dann aushändigen.«

»Offenbar nicht.«

»Ich dachte, er würde den Brief zu den Erinnerungsstücken legen.«

»Und jetzt?«

»Verdammt, es hätte ihr klar sein müssen, dass kein Verlass mehr auf ihn ist.«

»Vielleicht solltest du Susan danach fragen?«

»Susan? Als ob die mir hilft!« Verzweifelt fällt mein Blick auf die Schrankwand. Ich greife nach einer Schublade.

»Toni!«, ruft Alex.

»Der Brief ist sicher hier irgendwo.«

»Du kannst jetzt nicht alle Schränke durchwühlen.«

»Er *muss* hier sein!«

»*Ich* muss jetzt wirklich endlich los«, widerspricht Alex.

Ich schüttle den Kopf und ziehe die nächste Schublade auf.

»Frag deinen Onkel doch einfach später danach«, sagt Alex. »Morgen zum Beispiel, wenn er nüchtern und –«

Mein Handy vibriert erneut.

Ich ignoriere es.

»Und außerdem, Schatz, willst du nicht endlich mal –«

»Nicht jetzt!«, schneide ich ihm barsch das Wort ab.

Die nächste Schublade, in die ich einen Blick werfen will, klemmt.

Ich ziehe mit einem kräftigen Ruck daran – und sie gibt nach. Der plötzliche Schwung lässt mich rückwärts stolpern. Unsanft lande ich auf dem Boden.

Briefumschläge regnen auf mich herab.

Erschrocken starrt Alex mich an. »Schatz, bist du okay?«

»Ja, nichts passiert.«

»Sicher?«

»Ja doch.« Schon richte ich mich auf und greife nach den Briefen.

Allesamt sind sie ungeöffnet.

Was auch Alex nicht entgeht. »Wahrscheinlich alles Rechnungen.«

Gemeinsam werfen wir einen Blick auf die Absender – Vattenfall, Versicherungen, Behörden, das Finanzamt.

»Da steckt aber jemand tief in der Patsche«, meint Alex.

Ich dagegen sammle die Briefe allesamt ein und lege sie zurück in die Schublade.

Dabei fällt mir eine Klarsichtfolie auf, die zwischen zwei der Briefen klemmt, darin sorgfältig ausgeschnittene und aufgeklebte Zeitungsartikel.

»Selbstmord im Milieu«, lese ich laut vor, *»junge Mutter tot im Bordell!«*

Alex nimmt mir den auf den 2. Januar 2002 datierten Artikel aus der Hand. »Toni, die Frau auf dem kleinen Foto hier …«

»… ist meine Mutter!«

SIEBEN

Benedikt seufzte. »Frau Meyer, ich —«

»Und wer sind Sie?«, fragte die alte Dame.

»Herrgott, ich habe mich doch gerade schon vorgestellt.«

»Ach wirklich?«

»Ja, zweimal sogar.«

Die alte Dame lächelte verlegen. »Na ja, wissen Sie«, sie schlug sich mit der flachen Hand gegen die Stirn, »dieser Kopf will manchmal einfach nicht mehr richtig funktionieren, obwohl ich —«

»*Oma, Oma!*« Eine besorgte Stimme näherte sich ihnen. »*Du mal wieder!*«

Stark drehte sich um. »Und wer sind Sie?«

Ohne sich vorzustellen, stürmte eine junge Frau an ihr vorbei in den Rettungswagen. »Oma, ich hab dir doch schon hundertmal gesagt, du sollst zu Hause bleiben.«

Die alte Dame ächzte erleichtert. »Endlich bist du da, Liebes!«

Benedikt stieg aus und beobachtete, wie die beiden sich innig umarmten. Unterdessen trat der Rettungsassistent zu ihm und erklärte mit gedämpfter Stimme: »Die Patientin scheint unter einer beginnenden Demenz zu leiden. Ihr Langzeitgedächtnis scheint intakt, aber das Kurzzeitgedächtnis … es macht ihr schwer zu schaffen.«

»Was Sie nicht sagen!«, murmelte Benedikt.

Was die Enkelin trotzdem mitbekam. Sie warf einen ernsten Blick aus dem Rettungswagen.

Entschuldigend hob Benedikt die Hand.

Es war Stark, die sich dem Rettungsassistenten zuwandte. »Unser Kollege hat bereits mit Frau Meyer gesprochen?«

»Das ist richtig, allerdings war die gute Frau auch da schon ziemlich durch den Wind.«

»Angeblich hat sie einen Mord beobachtet.«

»Das habe ich nur am Rande mitbekommen, also«, der Rettungsassistent lächelte verlegen, »dass sie das ausgesagt hat.«

»Wie glaubwürdig ist diese Aussage?«, fragte Benedikt.

»Tut mir leid«, bedauerte der Rettungsassistent, »ich kann Ihnen keine medizinische Diagnose geben, dazu sollten Sie ihren behandelnden Arzt konsultieren.«

»Was ist Ihr Eindruck?«

»Es ist durchaus möglich, dass sie etwas gesehen hat, was sie aus dem Gleichgewicht brachte.«

»Nur bleibt die Frage: War es tatsächlich ein Mord, den sie gesehen und der sie erschrocken hat? Oder nur der Umstand, dass sie den Toten gefunden hat?«

»Konnte die andere Frau denn nichts dazu sagen?«

»Welche andere Frau?«, hakte Stark überrascht nach.

»Na«, machte der Rettungsassistent, »die Dame mit dem Dackel, die den Notruf gewählt hat.«

Verwundert sahen sich sowohl Stark als auch Benedikt um.

Weit und breit war keine Frau zu sehen, erst recht kein Dackel.

»Gottverdammt«, fluchte Benedikt, »hat Leon nicht gesagt, es gäbe keine anderen Zeugen?« Schon stapfte er davon.

»Was ist mit Frau Meyer?«, hörte er Stark ihm nachrufen.

Er blieb stehen. »Was soll mit ihr sein?«

Starks Blick fand zurück zu der alten Dame im Rettungswagen. »Sollten wir sie nicht auch noch einmal befragen?«

Benedikt winkte ab. »Reden wir erst einmal mit Leon. Vielleicht weiß er, wo die Frau mit dem Dackel abgeblieben ist.«

»Aber —«

»Und wahrscheinlich hilft uns deren Aussage schneller weiter als …« Den Rest ließ er ungesagt. Er lief weiter.

Stark dagegen blieb stehen.

»Jamina«, fragte Benedikt, »worauf wartest du?«

Wieder galt Starks Blick der alten Dame. »Muss Frau Meyer ins Krankenhaus?«

»Ich denke nicht«, erwiderte der Rettungsassistent, »wir übergeben sie in die Obhut der Enkelin, das sollte genügen.

»Jamina?«, rief Benedikt. »Was jetzt?«

Rasch eilte sie ihm nach.

Erst als sie sich wieder dem Fundort der Leiche näherten, sahen sie Pospiech, der unermüdlich in sein Notizbuch kritzelte.

Bei ihm stand eine Frau.

Deren Dackel nutzte einen Moment der Unachtsamkeit, löste sich und stürmte wie ein kleiner Wirbelwind auf Benedikt zu.

Er ergriff die kurze Hundeleine aus braunem Leder.

Der kleine Hund, vor Aufregung kaum zu bändigen, wuselte um seine Beine, als Benedikt ihn zu seiner Besitzerin zurückbrachte. »Ich glaube«, er reichte der Frau die Leine, »Sie haben da wen verloren.«

»Danke. Er kann so schnell sein, wenn er will. Nur leider bin ich es nicht mehr.«

»Haben *Sie* den Notruf gewählt?«, fragte Benedikt.

»Hat sie«, sagte Pospiech.

Benedikt unterdrückte einen Seufzer. »Und haben Sie —«

»Ich habe bereits alles erfahren«, fiel ihm Pospiech ins Wort.

»Tatsächlich?«

»Genau«, versicherte Pospiech, »wir sind soweit durch, Frau Weinreich, Sie dürfen jetzt gehen.«

Benedikt wollte etwas erwidern.

»Nochmals vielen Dank für Ihre Hilfe«, kam Pospiech ihm zuvor. »Hier haben Sie meine Karte, Frau Weinreich.

Wenn Ihnen noch etwas einfällt, können Sie jederzeit anrufen. Wir melden uns, wenn wir noch Fragen haben.« Damit entließ er die Frau aus der Befragung.

Verärgert blickte Benedikt ihr nach, wie sie sich mit ihrem Dackel zum Haupteingang mühte.

Dann war sie verschwunden.

»Dann hoffe ich mal für dich, Leon, dass keine Fragen mehr offen sind.« Benedikt fixierte seinen jungen Kollegen mit einem durchdringenden Blick.

Pospiech streckte den Rücken durch. »Ganz sicher nicht.«

»Ja und?«

»Ich habe Frau Weinreich alle wichtigen Fragen gestellt.«

»Herrgott, und was waren ihre Antworten?«

ACHT

»Ich brauche Gewissheit!«, schreie ich und spüre, wie mein Herz in meiner Brust hämmert und meine Hände zittern.

»Aber Schatz«, versucht mich Alex, zu beruhigen, »was soll das bringen?« Seine Augen verengten sich. »Susan kann dich nicht leiden.«

»Trotzdem will ich mit ihr reden.«

»Außerdem hat sie bisher nichts über deine Mutter erzählt, warum sollte sie es jetzt tun?«

»Irgendwann muss sie ihr Schweigen brechen!«

»Es ist nicht mal sicher, ob sie überhaupt etwas weiß. Sie war damals doch selbst noch ein Kind.« Alex hält mir das Foto aus dem Krankenhaus unter die Nase. »Sieh doch, sie ist gerade mal zwei Jahre, kaum älter!«

»Keine Ahnung, vielleicht, aber … irgendetwas muss sie wissen!«

Als will es meine Worte unterstreichen, vibriert mein Handy.

Schwing deinen Arsch ins Velvet.

Draußen zieht das eiskalte Berlin vorbei, die grauen Gebäude wirken wie stumme Zeugen meiner Verzweiflung.

Resigniert schüttelt Alex den Kopf, während er den

klapprigen Škoda auf die B2 lenkt. Seine Finger trommeln ungeduldig auf dem Lenkrad.

Ich habe die Hoffnung, dass er auf dem Rückweg doch noch bei Susan hält. Aber er fährt in die andere Richtung.

»Du hättest hier geradeaus fahren müssen«, sage ich scharf und merke, wie meine Stimme lauter wird.

Alex schaut in den Rückspiegel, seine Augen wirken müde. »Nein, Toni, wie gesagt, es bringt nichts. Außerdem muss ich noch zum Spätdienst, hast du das vergessen?«, fragt er gereizt. »Wir fahren jetzt heim und du überlegst dir in aller Ruhe, wie es jetzt weitergeht.«

»Willst du mich nicht verstehen oder kann der Herr aus gutem Hause, wohlbehütet aufgewachsen, einfach nicht verstehen?«, zische ich, meine Stimme vor Zorn bebend.

»Werd mal nicht ungerecht, Toni.« Alex schaut erneut in den Rückspiegel.

»Ist doch wahr. Wenn du keine Ahnung hättest, wer du bist und woher du kommst …«, meine Stimme bricht fast, und ich spüre Tränen in meinen Augen brennen.

»Ja, vielleicht hast du recht«, lenkt Alex ein. »Aber —«

»Du immer mit deinem Aber«, murmle ich.

»Schatz, noch mal, ich verstehe deine Situation, glaube aber, es ist der falsche Zeitpunkt.« Alex legt seine Hand auf meine. »Susan hat ihre Mutter heute beerdigt und kümmert sich vermutlich gerade um ihren betrunkenen Vater.

Glaubst du wirklich, dass sie heute bereit ist, dir etwas über deine Vergangenheit zu erzählen?«

Erneut mischt sich das Vibrieren meines Handys in die Unterhaltung.

»Meine Güte, jetzt geh doch endlich ran!«, mault Alex. »Und was hat der schwarze Audi hinter mir eigentlich für ein Problem?«

Ich betrachte die Nummer auf meinem Telefon.

»Fahr rechts ran!«, höre ich mich sagen.

»*Was?*« Alex' Augen weiten sich.

»Lass mich hier raus. Ich habe genug.« Ich merke, wie sich Verzweiflung in meine Stimme schleicht.

Verwirrt schaut Alex mich an.

»Halt an!«

Nur zögerlich bringt er den alten Škoda zum Stehen. »Toni, du –«

Aber da bin ich bereits ausgestiegen und schlage die Tür zu.

Der Wind schlägt mir die Kälte ins Gesicht.

»Bis später«, rufe ich Alex zu, obwohl ich weiß, dass er mich nicht mehr hört.

Er fährt davon.

In meiner Hand läutet immer noch mein Telefon.

Ich warte, bis es endlich verstummt.

Dann laufe ich los.

NEUN

Benedikt musste warten, weil Pospiech durch seinen Notizblock blätterte, ehe er endlich antwortete.

»Also«, begann er schließlich, »Frau Weinreich machte ihre morgendliche Runde mit ihrem Dackel und dabei auch einen Abstecher zur Laubenpieperkolonie.«

»Macht sie das jeden Morgen?«, fragte Stark.

»Aber ja, ihr Hund muss ja –«

»Nicht die Hunderunde, Leon, sondern den Abstecher zur Kolonie!«

»Ach so, genau, nein, sie wollte heute nur kurz vor Beginn der Gartensaison noch einmal nach dem Rechten schauen. Zu viele Einbrüche hatte es über den Winter in der Kolonie gegeben. Randalierer, die sich hier austoben, oder Obdachlose, die in den leerstehenden Gartenhäuschen Zuflucht vor der Kälte suchen.«

»Verstehe.«

»Als Frau Weinreich jedoch heute Morgen ankam, da entdeckte sie die wimmernde Frau Meyer auf dem Hauptweg. Frau Weinreich eilte zu ihr. Völlig aufgelöst stand ihre Gartenfreundin vor der siebten Parzelle links und faselte etwas von einem Toten. Frau Weinreich drehte sich um und sah tatsächlich im Garten gegenüber einen leblosen Körper liegen.«

»Das ist alles?«, wunderte sich Stark. »Sie hat den leblosen Körper gesehen, mehr nicht?«

»Sie rief den Notarzt«, überging Pospiech die Frage, »bevor sie mit Frau Meyer in deren Laube —«

»Himmelherrgott, Leon«, blaffte Benedikt, »hat Frau Weinreich selbst etwas von dem Unfall mitbekommen?«

»Ja, aber es war Mord!«, korrigierte Pospiech.

»Das wissen wir zur Stunde nicht mit Gewissheit«, entgegnete Stark.

»Und Frau Weinreich offenbar auch nicht«, brummte Benedikt.

»Ja und nein«, erwiderte Pospiech.

Benedikt seufzte. »Und was soll das jetzt heißen?«

Pospiech reckte sein Kinn ein Stück höher. »Frau Meyer erzählte ihrer Freundin wohl eine recht verworrene Geschichte von einem Radfahrer.«

»Was für ein Radfahrer?«

»Der vor der Tür einer Laube stand. Ein Mann habe ihm geöffnet.«

»Und *das* hat Frau Meyer ihrer Freundin Frau Weinreich erzählt, die es wiederum dir erzählt hat?«

»Genau«, bestätigte Pospiech. »Allerdings hat Frau Weinreich erklärt, dass das nicht sein könne, dass da ein Mann in der Laube gewesen sei, weil der Besitzer der Laube, ein gewisser Siegfried Kosczinski, im vergangenen Jahr verstorben sei. Einzig seine Witwe ist häufiger da, weil sie sich dort noch ihrem verstorbenen Mann verbunden fühlt und –«

»Ja, Leon, schon klar«, unterbrach Stark, »aber wenn's ein Mann war, den Frau Meyer in der Laube gesehen – wer war *das*?«

»Wenn sie denn überhaupt jemanden gesehen hat«, warf Benedikt brummend ein.

Stirnrunzelnd sah Pospiech ihn an. »Du meinst, sie hat sich das nur eingebildet?«

»In ihrem Zustand durchaus möglich, oder nicht?«

»Aber nein«, Pospiech schüttelte den Kopf, »sie mag ja verwirrt sein, aber – sie kann sich das und alles andere doch nicht einfach eingebildet haben.«

»Das alles? Was denn noch?«

»Frau Meyer versteckte sich wohl in ihrer Laube hinter der Gardine, aus Angst vor den beiden Fremden, die sich angeblich heftig gestritten haben. Bis es zu dem Mord kam.«

Benedikt schwieg.

An Starks Blick erkannte er, dass sie ebenso wenig überzeugt schien wie er. Sie war es, die meinte: »Also hat Frau Weinreich tatsächlich gar nichts von dem Unfall …«

»Mord!«

Stark überging Pospiechs Einwurf. »Frau Weinreich hat im Grunde gar nichts mitbekommen, sondern weiß alles nur durch Frau Meyers Erzählung.«

»Ja, aber –«

»Dann sollten wir wohl eher mit Frau Meyer reden, die unsere eigentliche Zeugin ist, oder nicht?«

»Verflixt«, schimpfte Pospiech, »hättest du mich vorhin am Rettungswagen nicht in meiner Vernehmung unterbrochen, hätten wir längst Frau Meyers Aussage.«

»Mag sein, aber –«

»Und jetzt ist Frau Meyer mit ihrer Enkelin schon weg.« Pospiech deutete zum Rettungswagen.

Dort stand noch der Rettungsassistent.

Von der alten Dame und ihrer Enkelin war tatsächlich weit und breit nichts mehr zu sehen.

In Benedikts Fluchen drang das Signal seines Handys.

Er klaubte das Telefon aus seiner Jackentasche.

Eine weitere WhatsApp von Mila war eingetroffen, diesmal mit dem Foto von heute Morgen.

Was ihm unwillkürlich ein Grinsen entlockte.

»Was ist daran so witzig?«, fragte Stark.

»Ist privat.«

»Wie war das mit – es geht um deinen Job?«

»Das ist doch was ganz anderes!«

»Ach ja?« Stark schnaubte.

Noch ehe Benedikt etwas erwidern konnte, erklang Buschmanns Stimme. »Jamina! Benedikt!« Sie tauchte im Durchgang zum Nachbargarten auf. »Dr. Bodde hat da was.«

»Einen Moment.« Stark wandte sich Pospiech zu. »Sorge bitte dafür, dass die Leiche in die Gerichtsmedizin gebracht wird.«

»Also doch Mord?«

»*Das* habe ich damit nicht behauptet, aber über die genaue Todesursache müssen wir trotzdem Gewissheit haben, meinst du nicht auch?«

»Natürlich«, antwortete Pospiech kleinlaut, während er sein Handy aus der Tasche zog und die Gerichtsmedizin verständigte.

Benedikt und Stark folgten unterdessen ihrer Kollegin zu Dr. Bodde.

Die Kriminaltechnikerin befand sich in der benachbarten Parzelle direkt hinter einer kniehohen Buchsbaumhecke. »Schauen Sie sich das an«, sie zeigte auf die Hecke, »was fällt Ihnen auf?«

»Ich hab schon lebendigere Hecken gesehen«, bemerkte Stark.

Benedikt kniete sich hin und betrachtete die Hecke genauer. »Ein Schädling hat ihr zugesetzt. Aber davon mal abgesehen … hier hat sich offensichtlich jemand durchgezwängt.«

»Sie haben recht«, bestätigte Dr. Bodde, »schauen Sie hier die abgebrochenen Äste und das vertrocknete Blattwerk am Boden.«

»Konnten Sie im Garten weitere Spuren sichern?«

»Selbstverständlich, Schuhabdruckspuren, Fasern, Haare, aber erstens wird deren Auswertung eine Weile dauern, zweitens bleibt fraglich, inwiefern sie überhaupt mit dem Tod des Mannes in Zusammenhang stehen.«

»Und die Laube?«

»Ist abgeschlossen, die Vorhänge zugezogen.«

»Stellt sich die Frage, was der Mann dort um diese Uhrzeit überhaupt wollte«, sagte Pospiech, der sich zu ihnen zurückgesellte.

Benedikts Blick ging zu der Laube.

»Wir sollten einen Blick hineinwerfen.«

Benedikt brummte.

»Frau Meyer hat die beiden Männer dort gesehen!«

»Angeblich«, betonte Benedikt, »aber in ihrem Zustand hat sie —«

Sein Handy klingelte.

Überrascht schaute er aufs Display. »Das ist Dr. Salm.« Er nahm den Anruf entgegen, lauschte, dann legte er auf. »Frau Dr. Bodde, es geht weiter zum nächsten Einsatz.«

Pospiech hob empört die Hand. »Ja, aber —«

»Zu einem echten Mord«, schnitt Benedikt ihm das Wort ab. »Uschi, Dr. Salm will dich ebenfalls vor Ort haben.«

»Und was ist mit mir?«, bemerkte Pospiech.

»Du fährst zurück und protokollierst alle Aussagen.«

»Das ist alles?«

»Was denn noch?«, fragte Benedikt.

»Ja, aber sollten wir nicht Siegfried Kosczinski, den Besitzer der Hütte nebenan …«

»Sagtest du nicht, der ist verstorben?«

»Genau, aber seine Witwe, sollten wir sie nicht verständigen? Damit sie uns Zutritt zu ihrer Hütte verschafft und wir uns darin umsehen können.«

»Ich wüsste nicht, wozu?«

»Wenn da tatsächlich ein fremder Mann drin war, also, der Mörder …«

»Wir wissen ja nicht einmal, ob's ein Mord war!«

»Frau Meyer, die Zeugin …«

»… leidet an Demenz und klingt alles andere als verlässlich.«

»Aber wenn sich bei der Obduktion herausstellt, dass es ein Mord war, müssen wir auch dort drin Spuren sichern.«

Benedikt wechselte einen Blick mit Stark.

Seine Kollegin hob die Schultern. »Leon hat nicht ganz unrecht.«

»Siehst du!«, stieß Pospiech hervor.

Benedikt seufzte. »Meinetwegen, ruf die Witwe an und sag ihr, wir werden beizeiten einen Blick in die Laube werfen.« Er gab Stark ein Zeichen. »Lass uns fahren.«

ZEHN

Hastig laufe ich die Treppen am U-Bahnhof Bismarckstraße hinunter.

Noch zwei Minuten.

Nervös tippe ich mit eiskalten Fingern eine WhatsApp an Alex: *Sorry, vielleicht sind die Pferde etwas mit mir durchgegangen. Aber ich muss die Wahrheit erfahren. Versteh das bitte.*

Als die U2 einfährt, steige ich ein und lasse mich auf einen Sitz fallen.

Das Signal zum Schließen der Türen ertönt.

Im Augenwinkel sehe ich noch eine Gestalt in den Waggon huschen.

Ansonsten ist die U-Bahn verhältnismäßig leer.

Auf meinem Handy ist immer noch WhatsApp geöffnet.

Die Nachricht an Alex ungelesen.

Ich beginne, eine Nachricht an Lu zu schreiben, die –

»Hallo, Toni!«

Erschrocken zucke ich zusammen.

Ein Typ mit ungepflegtem Dreitagebart sitzt hinter mir und grinst mich an.

Schaudernd wende ich mich ab.

»Sag, Püppi,« sein heißer Atem in meinem Nacken verheißt nichts Gutes, »warum ignorierst du Viktor?«

Noch ehe ich reagieren kann, greift der Typ nach einer meiner Haarsträhnen, die er zwischen seinen dreckigen Fingern dreht.

Ich spüre, wie es an meiner Kopfhaut zieht.

Eine ältere Dame gegenüber blickt erst erschrocken auf und dann beschämt nach unten. Sie klammert sich an ihre Handtasche.

Ich schlucke. »Ich …«, meine Stimme bebt und ich fühle, wie mein Magen sich zusammenzieht. »Ich habe ihm doch gesagt, ich bringe ihm das Geld und –«

»Und wie willst du das Geld besorgen«, faucht er mir bedrohlich ins Ohr, »wenn du hier mit der U-Bahn durch die Stadt gondelst?«

Ich muss würgen.

Die alte Dame schaut auf, ihre Augen sind weit vor Angst.

Mit einem kaum merklichen Kopfschütteln versuche ich, ihr zu signalisieren, dass sie sich keine Sorgen zu machen braucht.

»Püppchen«, knurrt der Typ, »was soll das?« Seine Hand greift noch fester in mein Haar. »Spielst du Spielchen, dann spiele ich mit.«

»Aber ich …«, meine Stimme ist nur ein Flüstern, »ich habe Viktor doch gesagt, dass meine Tante gestorben ist.«

»Ihm doch egal.« Er grinst hämisch, als er sich meinem Ohr nähert. »Sieh endlich zu, dass du ins *Velvet* kommst, deine Arbeit machst, deine Schulden begleichst.« Er macht eine Pause. »Sonst müssen wir uns doch mal mit deinem Alex unterhalten.«

»Ich komme«, flehe ich, meine Stimme kaum mehr als ein verzweifeltes Wispern, »heute Abend … heute Abend werde ich wieder arbeiten, ich schwöre, dann bekommt er das Geld.«

Die U-Bahn hält.

Mit einem zischenden Geräusch öffnen sich die Türen.

»Heute Abend, Püppchen, heute Abend«, höre ich den Typen sagen, der sich immer weiter entfernt.

Erst als sich die Türen schließen, drehe ich mich um.

Er ist weg.

Mit geschlossenen Augen lasse ich den Kopf gegen die kalte Fensterscheibe sinken.

Das hat mir gerade noch gefehlt!

Plötzlich ein Knall.

Ich schrecke hoch und sehe seine Handfläche an der Fensterscheibe.

Ein bedrohliches Augenpaar starrt mich an.

Dann endlich fährt die U-Bahn wieder los.

Ich atme auf.

Die Oma auch.

ELF

Benedikt runzelte die Stirn und ließ seinen Blick über die Absperrung und die herumstehenden Kollegen schweifen.

Auch Stark blickte verwundert auf die kleine Gruppe Kollegen.

Es war Buschmann, die sagte: »Das ist Paul.«

Kriminalhauptkommissar Paul Kalkbrenner stand am Eingang zu einem sanierten Altbau und warf ungeduldig einen Blick auf seine Armbanduhr.

Als er die drei Kommissare nahen sah, zog er die Augenbraue hoch. »Ihr auch hier?«

»Und warum du?«, fragte Buschmann.

»Dr. Salm schickt mich.«

»Warum?«

»Du kennst doch den Chef«, erwiderte Kalkbrenner. »*Fahren Sie dorthin, schauen Sie es sich an!* Mehr sagt er selten.«

»Hast du es dir bereits angeschaut?«, fragte Benedikt.

Noch ehe Kalkbrenner antworten konnte, fuhr der Transporter der Spurensicherung vor.

Dr. Bodde und ihr Team stiegen aus, streiften sich ihre Schutzanzüge über und verschwanden mit Koffern bewehrt nacheinander ins Haus.

»Was ich bisher in Erfahrung habe bringen können: Wir haben es mit einem weiblichen Mordopfer zu tun, eine gewisse Alina Bratzlaw. Ihre Schwester Elena hat sie gefunden und den Notruf verständigt.« Kalkbrenner deutete auf den Rettungswagen neben der Absperrung. »Sie ist noch nicht vernehmungsfähig.«

»Das Rettungsteam weiß, dass wir mit ihr sprechen müssen?«, fragte Benedikt.

»Ja, natürlich.«

»Die Sache mit Leon vorhin hat mir gereicht.«

»Was ist passiert?«

»Ach«, Benedikt seufzte, »manchen fehlt es einfach noch an Erfahrung.« Ohne ein weiteres Wort zog er sich einen Schutzanzug an, streifte sich Plastikstulpen über die Schuhe und Einweghandschuhe über die Hände.

Seine Kollegen folgten seinem Beispiel, bevor sie nacheinander das Haus betraten.

Unter seinem Anzug spürte Benedikt die Kälte im engen Flur.

Vor der Wohnungstür in der zweiten Etage lagen ein Dutzend Turnschuhe unordentlich herum, der Großteil in Damengröße – bis auf zwei Paar dunkle Herrensneaker.

Aus der Wohnung kam ein modriger, abgestandener Geruch.

»Wissen wir, ob das Opfer allein hier wohnt?«, fragte Stark.

»Das Opfer Alina Bratzlaw«, erklärte Kalkbrenner, »ist hier allein gemeldet.«

»Und was ist mit diesen Sneakern?« Stark deutete auf die Herrenturnschuhe.

»Ja«, Kalkbrenner nickte, »zumindest ein Indiz auf einen möglichen Freund.«

»Meine Güte!«, ächzte Buschmann, die bereits ins Wohnzimmer vorgelaufen war.

Benedikt, Stark und Kalkbrenner folgten der Stimme.

Der kleine Raum war überfüllt mit einem Zweisitzer, einem kleinen Couchtisch, davor einem Schreibtisch in der Ecke und einem weißen Billy-Regal an der Wand.

Kaum Platz für die vier Kommissare, die Kriminaltechniker – und die junge Frau, die vor dem Regal lag.

Ihr nackter Körper war übersät mit zahlreichen Hämatomen und Schnittverletzungen, ihre Hände auf dem Rücken zusammengebunden, ihr Kopf zur Seite geneigt.

Ihre weit aufgerissenen Augen schienen in stummer Panik erstarrt.

Kalkbrenner hockte sich neben sie und drehte den Kopf der Toten vorsichtig zur Seite.

Seine Miene verfinsterte sich.

»Paul«, sagte Buschmann, »das ist doch –«

»Ja«, grummelte er.

»Das kann doch nicht wahr sein.« Buschmanns Stimme war nur ein Flüstern.

Verwundert sah Benedikt sie an.

Auch Stark schien verwirrt. Sie wollte etwas fragen.

»Wurde Dr. Wittpfuhl informiert?«, kam Kalkbrenner ihr zuvor. Er ließ das Gesicht der Toten los und stand auf.

»Informiert und schon vor Ort«, drang die Stimme des Gerichtsmediziners aus dem Flur.

»Herr Dr. Wittpfuhl, schauen Sie«, rief Buschmann aufgelöst.

Dr. Wittpfuhl setzte in aller Ruhe seinen Koffer ab. Erst dann warf er einen Blick auf das Opfer. »Schlimme Sache.«

Buschmann deutete auf den Kopf der Toten. »Schauen Sie, Herr Dr. Wittpfuhl, sie ist …«

»… tot!« Lautstark atmete Dr. Wittpfuhl aus.

»Schon klar, aber –«

»Frau Buschmann, bitte, was wollen Sie noch von mir hören?«

»Ihr fachmännisches Urteil«, sagte Kalkbrenner, der ungleich ruhiger als Buschmann war. Sein Blick hinter der Maske jedoch ließ seine Besorgnis erkennen.

Unterdessen schaute Benedikt zu Jamina, die ähnlich verwirrt war wie er.

Diesmal setzte er zu einer Frage an.

»Sie wissen genauso gut wie ich«, meinte Dr. Wittpfuhl, »dass ich Ihnen ein fachmännisches Urteil erst nach der Obduktion geben kann.«

»Dann eine erste Einschätzung«, sagte Kalkbrenner.

Stöhnend schüttelte Buschmann den Kopf. »Aber er … er ist doch –«

»Was auch immer«, ließ Dr. Wittpfuhl sie nicht ausreden, »darf ich Sie jetzt alle nach draußen bitten.« Er zwängte sich an den Kommissaren vorbei zur Leiche. »Hier in dem kleinen Raum ist kein Platz für uns alle.« Er seufzte. »Und Zeit noch weniger.« Mit einer unwirschen Geste forderte er sie zum Gehen auf.

Dann hockte er sich vor die Leiche. »Aber ja«, sagte er, »Sie haben recht, Frau Buschmann, eine gewisse Ähnlichkeit besteht.«

ZWÖLF

»Schau hin, verdammt!«, schreie ich, während ich das Foto vor Susans Gesicht halte.

»Toni, lass die alten Geschichten ruhen«, fleht Susan und versucht, mir die Tür vor der Nase zuzuschlagen.

»Sag mal, geht's noch?«

»Lass es einfach!«, brüllt sie, ihre Stimme zittert.

»Ich habe keinen Bock mehr auf diese Geheimniskrämerei«, entgegne ich und dränge mich an ihr vorbei in die Wohnung. »Wo ist Bernd?«

»Er ist nach Hause gegangen. Wollte nicht mit herkommen.« Resigniert lässt sich Susan auf die Couch fallen. »Was sollte ich denn tun?«, murmelt sie und bedeutet mir mit einem Fingerzeig, ihr gegenüber Platz zu nehmen.

Susans Gestalt ist gezeichnet von Trauer und Erschöpfung.

Ihre eingefallenen Wangenknochen und die dunklen Ringe unter ihren Augen verraten, dass sie in letzter Zeit kaum gegessen oder geschlafen hat. Der Kummer frisst sie auf.

Meine Cousine, die mir trotz aller Streitereien wie eine Schwester war, so zu sehen, geht mir nahe.

Sie greift nach der Zigarettenschachtel auf dem Tisch und bietet mir eine an.

Ich lehne dankend ab und öffne ein Fenster, als sie sich eine ansteckt und den ersten tiefen Zug nimmt. »Susan«, beginne ich erneut, diesmal behutsamer, »kannst du verstehen, dass ich wissen muss, was damals passiert ist?«

Sie schweigt, zieht an ihrer Zigarette und starrt ausdruckslos ins Leere.

»Susan, wie würde es dir denn gehen?«

»Wie es *mir* gehen würde?«, presst sie hervor und ballt die linke Hand zur Faust.

Mit gesenktem Kopf holt sie tief Luft, und plötzlich schnellt sie hoch. Ihre Faust kracht auf den Couchtisch, der Aschenbecher springt hoch und landet klirrend auf der Tischplatte. »Ich habe die Nase so dermaßen voll. Es hat dich doch noch *nie* interessiert, wie es mir damit geht. Glaubst du, es ist leicht, immer nur Nummer zwei zu sein, ständig hinter dir zurückstecken zu müssen?«

»Moment mal, ich glaube, du hast eine völlig falsche Wahrnehmung.« Ich versuche, meine Fassung zu bewahren.

»Natürlich«, erwidert sie, »und jetzt habe ich all die Jahre auch noch einer falschen Wahrnehmung unterlegen. Du machst es dir sehr leicht.«

»Aber Susan, ich wollte dir deinen Platz nie streitig machen. Ich war doch nur Gast –«

»Ja, der Gast, der stets und ständig hofiert wurde.«

»Das ist nicht, was *ich* wollte.«

»Kann sein, war aber so. Papa hast du damit ins Unglück gestürzt. Mich sowieso und ob Mama je glücklich war –«

»Aber Susan, das kannst du doch nicht ernsthaft so meinen? Gibst du mir die Schuld an der Alkoholsucht deines Vaters?«

»Wer sonst sollte dafür verantwortlich sein? Sie haben ständig gestritten … deinetwegen, über dich … wie auch immer«, ihre Stimme bricht beinahe unter der Last ihrer Worte.

»Okay«, lenke ich ein, »es tut mir wirklich leid. Ich habe mir das ganz sicher auch nicht ausgesucht … wäre lieber bei meinen Eltern aufgewachsen, aber …« Beschwichtigend lege ich meine Hand auf Susans. »Nicht zu wissen, wo man herkommt und von wem man abstammt, ist schon hart. Das siehst du doch ein, oder?«

Susan nimmt einen letzten Zug von ihrer Kippe, drückt sie dann aus und greift nach dem Foto auf dem Tisch.

Ihre Hände zittern, als sie es genauer betrachtet. »Das ist Mama und das hier …«, sie zeigt auf das kleine Mädchen, das bei einer unbekannten Frau auf dem Bett sitzt, »das bin ich. Aber Toni, ganz ehrlich, keine Ahnung, wen wir da im Krankenhaus besucht haben.«

»Hat Gitta dir nie erzählt, warum ich bei euch wohne?«

»Nein«, antwortet Susan, und ihr Blick wird glasig. »Jede Nachfrage wurde abgeblockt. Du weißt es doch. Ich habe irgendwann aufgehört, zu fragen.«

Plötzlich klingelt mein Handy und reißt uns aus dem Gespräch.

Das Display verrät, dass Lu anruft.

»Da muss ich ran!«, sage ich zu Susan und stecke das Foto wieder in die Tasche.

»Warte kurz …«, fordere ich Lu auf und drehe mich beim Verlassen des Wohnzimmers zu meiner Cousine um. »Danke, Susan, und alles Gute.«

Da sie keine Anstalten macht, mich zur Wohnungstür zu begleiten, ziehe ich auch diese Tür einfach hinter mir zu.

»Lu?«, frage ich. »Schön, dass du Zeit hast, ich brauche mal jemanden zum Reden. Allerdings mache ich noch einen kurzen Umweg. So etwa in zwei Stunden?«

DREIZEHN

Benedikt blickte in die Runde. »Wie lange noch?«

Seine Kollegen, mit denen er draußen in der Kälte stand, hüllten sich in beklommenes Schweigen.

Der eiskalte Wind pfiff ihnen um die Ohren.

Verdrossen zog er die Lederjacke enger um sich und betrachtete die Schaulustigen, von denen sich inzwischen etliche vor der Absperrung versammelt hatten. »Also?« Sein Blick kehrte zurück zu Buschmann und Kalkbrenner. »Wie lange noch?«

»Was meinst du?«, grummelte Kalkbrenner.

»Herrgott, wie lange es dauert, bis ihr endlich mit der Sprache rausrückt?« Benedikt nahm Buschmann streng ins Visier.

Gequält erwiderte die Kollegin seinen Blick.

Es war Kalkbrenner, der fragte: »Uschi, wie lange ist es her?«

Buschmann ächzte. »Ich kann's dir nicht genau sagen. Fünfundzwanzig Jahre?« Ihr Blick wanderte gedankenverloren in die Ferne, während sie mit den Fingern über ihr Kinn strich.

»Was war vor fünfundzwanzig Jahren?«, fragte Stark.

Jetzt klang Buschmanns Stöhnen noch qualvoller. »In den Medien wurde er als *Das Monster von Berlin* betitelt.«

»Das Monster von Berlin?«

»Sein Name war … ist Vogt … warte …«

»Hermann Otto Vogt«, fügte Kalkbrenner hinzu.

»Ich glaube, von ihm habe ich im Studium gehört«, bemerkte Stark.

»Ich habe keine Ahnung, von wem ihr redet«, meinte Benedikt.

»Er war der brutalste Serienmörder seiner Zeit«, sagte Kalkbrenner. »Hatte es Anfang der Zweitausender auf Prostituierte abgesehen und wurde letztlich für acht Morde verurteilt.«

»Kannst du dich an den Prozess erinnern?«, fragte Buschmann.

»Natürlich, ein spektakulärer Prozess. Ich musste in den Zeugenstand und«, Kalkbrenner grummelte, »die Aussage war ein Tanz auf Messers Schneide. Vogts Verteidiger, ein gewisser …«

»Rooks!«, warf Buschmann ein.

»Ja«, Kalkbrenner nickte, »dieser Rooks witterte jeden noch so kleinen Widerspruch. Ein widerlicher Typ. Aber man musste auf der Hut vor ihm sein.«

»Nicht ganz unbegründet«, meinte Buschmann.

Erneut deutete Kalkbrenner ein Kopfnicken an. »Wie sagte Benedikt vorhin: Manchen fehlt es noch an Erfahrung.«

»Was war los damals?«, hakte Benedikt nach.

»Sagen wir so«, erklärte Buschmann, »der Begriff ›Gefahr im Verzug‹ war nicht jedem geläufig.«

»Und trotzdem«, widersprach Kalkbrenner, »würde ich jedes Mal wieder so handeln.«

»Und warum nannte man ihn das *Monster von Berlin*?«, erkundigte sich Benedikt.

»Den Namen bekam er wegen der Grausamkeit seiner Taten«, erklärte Buschmann. »Er fesselte seine Opfer, missbrauchte und quälte sie mit einem Messer – wie ein Wahnsinniger.«

»Und damit nicht genug«, ergänzte Kalkbrenner, »ritzte er seinen Opfern nach dem Tod ein Kreuz ins Gesicht, das war quasi sein – Markenzeichen.«

»Zwei Jahre vergingen, bis wir ihn endlich überführten«, erinnerte sich Buschmann. »Zwei Jahre, in denen er acht Morde beging.« Sie hob ihren Zeigefinger. »Also, acht Morde, die wir ihm zuordnen konnten.«

»Alle acht Opfer waren Prostituierte«, fügte Kalkbrenner hinzu. »Er fand seine Opfer als ihr Freier.«

»Wie wurde er überführt?«, fragte Stark.

»Eine Prostituierte konnte ihm entkommen. Uschi, erinnerst du dich an ihren Namen?«

»Ja, ihr Name war … warte!« Buschmann rieb sich die Stirn. »Natalja, nein … Nadjia.«

»Genau, Nadjia!«

»Sie kam aus Lettland.«

»Nein«, korrigierte Kalkbrenner, »aus Litauen.«

»Sicher?«

»Ja, Litauen. Und sie arbeitete damals im … Ach, wie hieß noch gleich das Bordell?«

»*Sunrise*«, sagte Stark, die zwischenzeitlich mit ihrem Handy gegoogelt hatte.

»Ja«, pflichtete ihr Buschmann bei, »das *Sunrise*, das war's.«

»Und sie kam tatsächlich aus Litauen«, fügte Stark hinzu.

»Ihr guter Instinkt rettete ihr vermutlich das Leben«, sagte Kalkbrenner. »Sie erkannte Vogts Perversion und trat ihm gegenüber wohl derart selbstbewusst auf, dass sie ihn damit in die Flucht schlagen konnte.«

Inzwischen hatte auch Benedikt sein Handy gezückt. Er wischte die zwei ungelesenen WhatsApp-Nachrichten von Mila weg.

Seine Suchanfrage zu *Monster von Berlin* brachte mehrere Tausend Einträge. Allein beim Anblick der Schlagzeilen von damals wurde ihm ganz anders.

»*Herr Kalkbrenner!*«, rief eine Stimme.

Kalkbrenner schaute zur Absperrung und grummelte.

Benedikt seufzte. »Der schon wieder.«

»Sackowitz«, ächzte Buschmann.

»*Herr Kalkbrenner!*«, rief Hardy Sackowitz. »Herr von Oswald! Stimmt es, dass hier eine junge Frau tot aufgefunden wurde?«

Mit wenigen Schritten stand Kalkbrenner bei dem Reporter. »Woher wissen Sie das?«

»Und stimmt es«, überging Sackowitz die Frage, »dass Herrmann Otto Vogt seit gestern abgängig ist?«

»*Wie bitte?*« Kalkbrenners entsetzter Blick ging zu Buschmann.

Sie wirkte ebenso bestürzt. »Was soll das heißen? Vogt ist abgängig?«

Sackowitz grinste verschlagen. »Sie sind doch nicht ohne Grund allesamt hier versammelt, oder?« Sein Blick huschte von Benedikt über Kalkbrenner und Buschmann zu Stark.

Es war Kalkbrenner, der fragte: »Stimmt das mit Vogt?«

»Zumindest wurde mir zugetragen, dass er sich auf der Flucht befindet.«

»*Wer* hat Ihnen das zugetragen?«

»Ach, Herr Kalkbrenner –«

»Wer?«

Sackowitz verzog sein Gesicht. »Ganz sicher gebe ich Ihnen meine Quellen nicht preis, aber …«

»*Verdammt, Sackowitz!*«, blaffte Kalkbrenner. »Reden Sie schon!«

Sackowitz' Grinsen wurde noch breiter. »Steht dieser Tatort tatsächlich in Zusammenhang mit Vogts Flucht?«

»Oder ich lass Sie auf der Stelle verhaften!«

»Dazu haben Sie kein Recht.«

»Und ob – Paragraph 160, Störung einer Amtshandlung.«

»Lachhaft!«

»Keineswegs!« Kalkbrenner winkte einen Schutzpolizeibeamten heran.

»Ist ja schon gut«, beeilte sich Sackowitz, zu sagen, während sein Grinsen schlagartig erlosch, »ist ja schon gut.«

Benedikt näherte sich den beiden. »Also, Herr Sackowitz«, fragte er in einem versöhnlicheren Tonfall. »Was genau wissen Sie?«

Verwundert blickte Sackowitz erst ihn, dann die anderen an, Stark, Kalkbrenner, Buschmann. »Sie wissen es wirklich nicht!«

»Herrgott, was denn?«

»Dass Hermann Otto Vogt aus dem Krankenhaus geflohen ist.«

»Aus dem Krankenhaus?«, echote Kalkbrenner.

»Was hatte er dort zu suchen?«, wollte Buschmann wissen.

Sackowitz zuckte mit den Schultern. »Er war dort wohl zur Untersuchung seiner Speiseröhre. Angeblich sieht es nicht gut für ihn aus.«

»Aber immer noch gut genug, dass er abhauen konnte«, knurrte Benedikt. »Gottverdammt, wie konnte das passieren?«

»Und was ist mit der toten Frau, die Sie gefunden haben?«, fragte Sackowitz.

Unwillkürlich zuckte Benedikts Blick zurück ins Haus.

An den verdrossenen Mienen seiner Kollegen erkannte er, dass sie die gleichen Gedanken hatten.

Steht dieser Tatort tatsächlich in Zusammenhang mit Vogts Flucht?

Buschmann griff nach ihrem Handy. »Warum hat uns noch niemand über die Flucht informiert?«

»Vermutlich«, grummelte Kalkbrenner, »haben sich die Verantwortlichen im Krankenhaus und in der Justizvollzugsanstalt wegen des eklatanten Fehlers erst einmal bedeckt gehalten.«

»Mal wieder typisch.« Wütend wählte Buschmann die Nummer vom Dezernat.

Unterdessen eilte Kalkbrenner zu seinem Wagen. »Ich versuche ebenfalls, mehr über Vogt in Erfahrung zu bringen – Familie, Freunde, ehemalige Kontakte …«

»Sobald du was hast, melde dich«, rief Benedikt ihm nach.

»Ist das also ein Ja?«, fragte Sackowitz. »Hat das Monster wieder –« Weiter kam er nicht.

Ein verzweifelter Schrei erklang.

VIERZEHN

Das Poltern im Inneren der Wohnung lässt nichts Gutes erahnen.

Nach dem fünften Klingeln vernehme ich ein Schnauben.

Langsam wird die Tür geöffnet.

»Mensch, Bernd, was hast du gemacht?«, frage ich.

»Scheiß Türrahmen«, lallt mein Onkel. Blut strömt aus seiner Nase.

Schnell krame ich Taschentücher aus meiner Hose. »Du musst fest zudrücken. Und leg den Kopf in den Nacken.«

Bernd dreht sich um. Scheinbar zu schnell. Erneut verliert er das Gleichgewicht.

Mit seiner blutigen Hand stützt er sich an der vergilbten Tapete im Flur ab.

Ich husche unterdessen an ihm vorbei in die Küche, greife nach der Küchenrolle und öffne den Gefrierschrank.

Der Geruch kalten Zigarettenrauchs hängt schwer in der stickigen Luft des Wohnzimmers. Auf dem Tisch eine der Wodkaflaschen aus der Schrankwand. Nahezu leer. Neben dem Aschenbecher liegt die Asche eines verbrannten Zettels.

»Ach Bernd«, seufze ich, »du hättest zu Susan gehen sollen.«

»Lass mich zufrieden«, grummelt er und droht, im Sitzen umzukippen.

Ich halte ihn fest und lege ihm einen Beutel gefrorene Erbsen in den Nacken.

»Scheiße«, flucht er, »ist das kalt!«

»Das muss so, damit die Blutung aufhört. Mensch, Bernd.« Ich nehme seine Hand. »Tut mir wirklich leid.«

»Meine Gitta«, winselt er plötzlich, »meine geliebte Gitta. Wie soll ich nur ohne sie …?« Seine Stimme erstickt in einem Wimmern.

Bei allem Mitgefühl für diesen Haufen Elend drängen sich mir noch immer Fragen auf. »Bernd, dir geht's schlecht, aber ich habe vorhin dieses Foto gefunden. Kannst du es dir ansehen?«

Ohne zu antworten, reißt er mir das Bild aus der Hand.

Für Sekunden starrt er die Aufnahme an. »Ich hab doch geahnt, die Scheiße lässt mich nicht los.« Dann greift er nach der Wodkaflasche.

Ein erneuter Blutschwall ergießt sich auf seine Hose und die Couch. »Scheiße!« Er wischt sich mit dem schwarzen Hemdärmel durchs Gesicht und schraubt die Flasche auf. »Was soll damit sein? Gitta und Susi im Krankenhaus. Geburtsstation.«

Er kippt einen großen Schluck Wodka hinunter und greift nach der Zigarettenschachtel.

Erwartungsvoll starre ich ihn an. »Und?«

»Was und?«

»Wer sind die anderen zwei?«

»Lass die Vergangenheit ruhen!«

»Bernd!«

Er schreckt zusammen. »Mann, Toni, das sind du und deine Mutter, die … die Hure!«

»Bitte was?«

»Und jetzt lass mich mit dem alten Scheiß zufrieden!« Bedrohlich schaut Bernd mich an.

Ich kenne diesen Blick. Auch Gitta und Susan wussten immer, sobald er auf diese Weise schaute, war es an der Zeit, das Weite zu suchen.

Doch mir ist das gerade egal. »Sag schon!«

»Ich sagte, lass mich in Frieden! Diese ganze Scheiße hat alles zerstört! Verstehst du das nicht? Ins Grab getrieben hat es Gitta, ins Grab und dann –«

»Was dann?«

»Dann entschuldigt sie sich auch noch in einem Abschiedsbrief bei dir?« Verzweifelt greift er erneut nach der Flasche.

Voller Ungeduld warte ich, dass er den letzten Schluck hinunterstürzt.

Er stößt auf, verzieht das Gesicht und sagt: »Als ob du die richtige Person wärst …« Mit diesen Worten scheinen bei ihm die Lampen auszugehen.

Er kippt langsam auf die Seite und schläft ein.

Den glühenden Kippenstummel, der auf dem Teppich landet, hebe ich auf und drücke ihn im Aschenbecher aus.

Dabei fällt mein Blick auf die Asche.

Ein kleines Stück Papier scheint nicht ganz verbrannt zu sein.

... hätte dich früher einweihen ... steht da mit der Handschrift meiner Tante geschrieben.

Tränen steigen mir in die Augen.

Mit diesem Brief hat Bernd offensichtlich meine Vergangenheit erneut ausgelöscht.

Dieser Idiot!

FÜNFZEHN

»Du verdammter Idiot, du hättest bei ihr sein sollen!«, schrie eine junge Frau aus dem Rettungswagen.

Schon sprang sie ins Freie, ihre Bewegungen getrieben von unbändiger Wut.

Verzweifelt versuchte ein Rettungsassistent noch, sie zurückzuhalten, doch sie entwischte ihm.

Ihr Gesicht war hochrot, die Augen geschwollen vor Tränen, während sie auf einen Mann zustürmte, der sie um einen Kopf überragte. *»Warum warst du nicht bei ihr?«*

Mit den Fäusten hämmerte sie auf seinen Oberkörper ein.

Er dagegen stand regungslos da, ließ die Schläge stumm über sich ergehen, ohne den Versuch, sie abzuwehren.

»Du verdammtes Arschloch!« Ihre Stimme überschlug sich und zog endgültig alle Aufmerksamkeit auf sich. *»Du hast sie getötet! Das werde ich dir nie verzeihen!«*

»Nein.« Jetzt strömten auch Tränen aus den Augen des Mannes. »Ich habe sie nicht —«

»Wer denn sonst?«, brüllte die Frau. *»Sag mir, wer sonst hätte Alina das antun sollen?«*

Inzwischen war Stark bei ihr angekommen. »Bitte beruhigen Sie sich«, sagte sie, »Frau …« Ihre Stimme erlahmte.

Aber ihre plötzliche Einmischung ließ die junge Frau zumindest innehalten.

Sie ließ von dem Mann ab und richtete ihren verwirrten Blick auf Stark. Dabei wischte sich mit dem Jackenärmel den Rotz von der Nase. »Elena«, presste sie hervor. »Elena Bratzlaw. Und Sie?«

»Kriminaloberkommissarin Stark, ich ermittle im Fall Ihrer Schwester Alina. Das ist sie doch, oder? Ihre Schwester?«

»Und wer sind Sie?«, fragte Benedikt den jungen Mann.

Dieser schluckte, rieb sich die verheulten Augen. »Mein … mein Name ist Benno. Benno Karge. Und ich … ich … bin … also war … der Freund von …« Der Name seiner toten Freundin blieb ihm im Hals stecken. Ein Weinkrampf übermannte ihn. Er sackte zu Boden. »Warum nur? Warum?«

Benedikt wartete, bis sich der Mann halbwegs beruhigt hatte. Dann hockte er sich neben ihn. »Herr Karge«, aus dem Augenwinkel sah er, wie seine Kollegin Elena Bratzlaw am Arm hielt und sie einige Schritte weiter weg führen wollte, »wann haben Sie Ihre Freundin zuletzt gesehen?«

Bratzlaw schien die Frage doch noch mitzubekommen. »Nun sag's schon!« Sie wirbelte herum. »Sag Ihnen, was am Dienstag los war!«

Betreten schaute Karge zu Boden.

»Kommen Sie bitte, Frau Bratzlaw«, sagte Stark.

»Nein, nein«, Bratzlaw schüttelte den Kopf, »sag's ihnen, Benno, na los, sonst tu ich's!«

Noch immer hüllte sich Karge in Schweigen.

»Alina … meine Schwester«, platzte es aus Bratzlaw heraus, »sie rief mich am Dienstagabend an, völlig aufgelöst, verzweifelt.«

»Wir … wir hatten doch nur Streit«, presste Karge hervor.

»Streit?«, fragte Stark und trat auf Karge zu. »Was für einen Streit?«

»Jamina!«, rief Benedikt, der das wütende Funkeln in den Augen seiner Kollegin inzwischen nur zu Genüge kannte.

Sie bedachte ihn mit einem grimmigen Blick.

Er ignorierte sie. »Herr Karge«, sagte er stattdessen, »was genau ist passiert?«

»Wir …«, stammelte Karge, »wir hatten nur einen Streit.«

»Nur einen Streit?«, zischte Stark.

Karge nickte. »Wegen eines Chats auf Alinas Handy.«

»Du hast meine Schwester kontrolliert!«, schimpfte Bratzlaw.

»Sie hat mich belogen!«

»Das gibt dir kein Recht, sie zu kontrollieren!«

»Und was ist dann passiert?«, ging Stark dazwischen.

»Er hat sie geschlagen«, schrie Bratzlaw.

Wieder schaute Karge beschämt zu Boden.

»Gib's zu, du Feigling!«

Er schwieg.

»Stimmt das?«, fragte Stark, die ihre Hand zu Faust ballte.

»Jamina«, sagte Benedikt, der auch diese Reaktion mittlerweile kannte.

Karge ächzte. »Ja, sie hat recht. Ich hab□ sie geohrfeigt. Und … und es tat mir sofort leid. Ich hatte für einen Moment die Kontrolle verloren.«

»Die Kontrolle verloren?«, wiederholte Stark.

»Es tat mir so leid«, fuhr Karge fort, »ich habe mich sofort —«

»Entschuldigt?«, fiel Stark ihm ins Wort. »Und ihr erklärt, es passiere nie wieder?«

»Herrgott, Jamina!«, blaffte Benedikt.

Zornig funkelte sie ihn an.

Er dagegen hielt seinen Blick auf Karge gerichtet. »Und was geschah danach?«

»Alina hat mich rausgeschmissen.«

»Zurecht«, zischte Stark.

Er deutete ein Kopfnicken an. Dann schüttelte er den Kopf. »Und jetzt …«, seine Stimme zitterte, »und jetzt ist sie tot.«

»Das heißt, danach gab es kein Treffen mehr?«, fragte Benedikt.

»Nein, obwohl ich … ich mich doch noch entschuldigen wollte. Ich habe sie angeschrieben, angerufen, aber sie … sie hat mich überall blockiert.«

»Das geschieht dir recht!«, sagte Bratzlaw.

»Gestern war ich sogar noch bei ihr und habe geklingelt.«

»Gestern?«, fragte Stark.

»Wann?«, konkretisierte Benedikt.

»Gegen 1.30 Uhr, nach der Arbeit. Ich bin quer durch Berlin gefahren. Ich hab geklingelt, aber … aber sie hat mir nicht aufgemacht.«

»Kein Wunder«, brummte Stark, »nachts um halb zwei.«

»Aber es war doch noch Licht in ihrer Wohnung. Sie war noch wach.«

»Und was haben Sie danach gemacht?«

»Ich hab nach ihr gerufen.«

»Auf der Straße?«

»Was hätte ich denn tun sollen?«

»Nachts um halb zwei?«

»Ich hab Sie angefleht, mich anzuhören, aber …« Wieder schaute Karge zu Boden. »Nichts. Gar nichts.«

»Und das war's?«

Karge zögerte.

»Herr Karge?«, mahnte Stark.

Er schüttelte den Kopf. »Nein.«

»Was – *nein?*«

»Also … ja. Nein.«

»Was denn nun?«

»Als ich noch einmal klingeln wollte, flog plötzlich die Haustür auf und irgendein Typ kam rausgestürmt, rannte mich beinahe über den Haufen.«

»Ein Nachbar?«, fragte Benedikt.

»Keine Ahnung, ich kannte ich nicht.«

»Es könnte also auch ein Fremder gewesen sein?«

»Sie meinen …« Entsetzt riss Karge die Augen auf. »Es könnte ihr … ihr Mörder gewesen sein?«

Unwillkürlich schaute Benedikt zu Stark.

Es könnte ihr Mörder gewesen sein?

Am Blick seiner Kollegin glaubte er, zu erkennen, dass sie den gleichen Gedanken hatte wie er.

Stark zückte bereits ihr Handy, googelte Vogt und klickte einen der Zeitungsberichte an. Dieser war über fünfundzwanzig Jahre alt, dementsprechend alt war auch das Foto. Aber es war das einzig aktuelle, das offenbar zu finden war.

Sie zoomte den Artikel heran, sodass nur das Bild zu sehen war, nicht aber die zugehörige Schlagzeile. »Könnte es dieser Mann gewesen sein, der aus dem Haus gestürmt kam?«

Karge beäugte die Aufnahme. »Wer ist das?«

»War er es oder nicht?«

»Ich … ich weiß nicht, alles ging so schnell, außerdem … es war schon dunkel.« Karge stöhnte. »Hat *er* Alina getötet?«

»Hat er etwas gesagt?«, überging Benedikt die Frage.

»Nein, nichts.«

»Gibt es sonst etwas, an das sie sich erinnern?«

»Nein, wie gesagt, alles ging ganz schnell und … Ach doch, ja, er hatte auch eine schwarze Jacke an. Eine von Adidas.«

»Wer denn noch?«

»Ich habe auch so eine, ein Geschenk von …« Erneut schüttelte ihn ein Weinkrampf, als er den Namen seiner Freundin aussprechen wollte.

»Und Sie, Frau Bratzlaw«, Benedikt richtete sich an die Schwester, »wann hatten Sie den letzten Kontakt zu Alina?«

»Gestern Mittag. Wir haben im *Hans im Glück* gemeinsam gegessen.«

»Das Café am Bahnhof?«

»Ja, und sie war schon wieder drauf und dran, dem Deppen«, verächtlich deutete sie auf Karge, der unterdessen mit dem Rettungsassistenten zum Transporter schlich, »zu verzeihen.«

»Was heißt das konkret?«, wollte Stark wissen.

»Alina war überzeugt, Benno mit zwei Tagen *Ghosting*«, sie formte mit ihren Fingern Anführungszeichen, »genug bestraft zu haben.«

»Sie waren anderer Meinung?«

»Natürlich. Haben Sie eine Ahnung, wo das hinführt, wenn der Typ schon nach einem Jahr Beziehung die Fäuste rausholt?«

Stark nickte nur. Ihre Hand strich ihren Jackenärmel.

Benedikt übernahm erneut. »Wir können Ihre Sorge verstehen. Was tat Alina nach dem Essen?«

»Wir haben noch lange gequatscht. Ich konnte sie überzeugen, noch ein paar Tage zu warten und das Gespräch, wenn überhaupt, an einem öffentlichen Ort mit Benno zu suchen.«

»Wann haben Sie sich verabschiedet?«

»Das muss ziemlich genau halb fünf gewesen sein. Sie wollte noch etwas einkaufen und ich gehe mittwochs immer zum Yoga.« Betreten schaute Bratzlaw zu Boden und schien sich an etwas zu erinnern. Ein zögerliches Lächeln breitete sich auf ihren Lippen aus. »Alina wollte immer mal mitkommen.« Traurig fügte sie hinzu: »Gestern wäre ein guter Tag dafür gewesen.«

»Frau Bratzlaw, eine letzte Frage«, meinte Stark. »Warum kamen Sie heute zur Wohnung?«

»Ich … ich … hatte so ein komisches Gefühl.«

»Inwiefern?«

»Ich weiß nicht, einfach so.« Sie legte ihre Hand auf den Bauch und schüttelte kaum merklich mit dem Kopf. »Den ganzen Tag hatte ich noch nichts von ihr gehört. Deshalb habe ich mich in der Mittagspause in die S-Bahn gesetzt und bin hergekommen.«

»Wie sind Sie in die Wohnung gekommen?«

»Ich habe einen Schlüssel. Alina hatte auch immer einen von meiner Wohnung.«

»Ist Ihnen beim Betreten der Wohnung etwas aufgefallen?«

»Ihre Tür war nicht zugeschlossen, deshalb dachte ich, sie ist zuhause. Ich habe nach ihr gerufen. Dann bin ich ins Wohnzimmer und … und da …« Die Erinnerung an die schreckliche Entdeckung ließ Bratzlaws Körper erzittern. Wieder quollen Tränen aus ihren Augen.

»Ich denke, das genügt für heute«, sagte Stark und winkte den Sanitätern.

Kaum waren diese mit Bratzlaw zum Rettungswagen verschwunden, kam Buschmann. »Benedikt«, sagte sie, »Jamina, wir haben inzwischen alle Hausbewohner befragt. Keiner scheint etwas gehört oder gesehen zu haben. Und sowieso haben die Bewohner untereinander kaum Kontakt.«

»Wie kommst du darauf?«

»Einige wussten nicht einmal, dass eine junge Frau in der Wohnung lebt.«

»Typisch Berlin«, bemerkte Stark, »alles anonym.«

Benedikt nickte. »Ich denke, wir sollten —« Sein Handy klingelte.

Seufzend warf er einen Blick aufs Display, dann nahm er den Anruf entgegen. »Ja bitte, Herr Dr. Salm?«

SECHZEHN

Mit dem Handy eingeklemmt zwischen Ohr und Schulter stößt Lu die Tür auf und verdreht die Augen.

Freudig springt mir Terrie entgegen.

»Na, du kleine Fußhupe, lass mich erstmal reinkommen.« Ich schiebe den quirligen Mischling sanft in den Flur und fahre liebevoll über sein Fell.

Für einen kostbaren Augenblick lösen sich die Lasten des Tages in Nichts auf.

Der kleine Racker fehlt mir seit meinem Auszug sehr.

Aufgebracht schleudert Lu ihr Handy auf die Kommode im Flur und ruft über die Schulter: »Kommst du?« Schon ist sie in Richtung Küche verschwunden.

Terrie und ich folgen ihr.

Auf dem Tisch liegen jede Menge Sachen von der Uni.

»Ach, du hast *Economics* noch. Ich hab's letztens überall gesucht!« Ich drehe es in meinen Händen, der Versandaufkleber auf der Rückseite bestätigt meine Vermutung, dass es sich um meine Ausgabe der Einführung in die Wirtschaftswissenschaften von Samuelson und Nordhaus handelt.

Ich lege das Buch zurück. »Lu«, frage ich, »was ist los?«

»Ach, dieser Typ. Manchmal versteh ich ihn nicht.«

»Wieso?«

»Manchmal ist er charmant, rücksichtsvoll – und geil, der absolute Traumtyp. Und dann plötzlich ist er voll auf Distanz. Wie lange kenne ich ihn? Ein paar Wochen schon. Nicht einmal ist er bisher bei mir gewesen.«

»Echt?«

»Klar, er war mal mit mir und Terrie Gassi, aber hoch in meine Wohnung – wollte er nicht.«

»Warum nicht?«

»Keine Ahnung, was weiß ich. Wir pennen immer nur bei ihm.«

»Komisch.«

»Und dann ist er oft einfach nicht erreichbar.« Lu ächzt. »Sein Job. Der nimmt ihn auch mächtig ein.«

»Stimmt, du hast kürzlich was erwähnt.«

»Es ist so nervig, wenn man sich verabreden will und dann ignoriert wird.«

»So schlimm?«

»Dann denke ich gleich«, Lu stößt ein Stöhnen aus, »er meint es doch nicht so ernst, wie er sagt.«

»Gib ihm etwas Zeit.«

»Wahrscheinlich hast du recht. Gebranntes Kind scheut das Feuer«, Lu hält inne. »Aber egal«, sie lacht auf, wenngleich auch etwas gezwungen, »er ist halt megasüß. Und die Aussicht auf was Festes ist auch verlockend. Hab mich echt verknallt.« Ihre Wangen färben sich rot, und trotz ihres Ärgers funkeln ihre Augen verliebt.

Ich will etwas erwidern.

»Aber was geht bei dir?«, wechselt sie schon das Thema.

Und schon holen mich meine eigenen Probleme wieder ein. »Mir wächst gerade alles über den Kopf. Ich weiß nicht mehr weiter.«

»Dann lohnt es sich immer, von vorn anzufangen.«

»Genau das ist das Problem. Der Anfang. Gitta hat mir wohl einen Brief hinterlassen, den mein Onkel aus Trotz oder Trauer oder einfach, weil er betrunken und wütend war, verbrannt hat.«

»Dein Ernst?«

»Ja.«

»Das heißt, du hat keinen blassen Schimmer, was sie dir geschrieben hat?«

»Nein, keine Ahnung, allerdings …« Ich zögere. »Ich habe ein Foto gefunden, das mich mit meiner Mutter zeigt.« Vorsichtig ziehe ich das Bild aus der Tasche.

Für einen Moment betrachte ich die Aufnahme.

Meine Mutter.

Es ist meine einzige Erinnerung an sie.

Auch Lu wirft einen Blick auf das Foto. »Wie sie strahlt. Ganz stolz.«

»Was nützt es?«

»Ach, Toni, es tut mir so leid.«

»Und kaum zu glauben, dass sie eine Hure war, oder?«, platzt es aus mir heraus.

Schockiert blickt Lu mich an. »Eine Hure? Wie kommst du darauf?«

Ich reiche ihr die Folie mit den Zeitungsartikeln.

Währenddessen vibriert mein Handy.

Schwing deinen Arsch ins Velvet.

Die Nummer verrät – es gibt kein Entkommen.

Widerstrebend nehme ich den Anruf entgegen. »Was ist?«

»Wo zum Teufel steckst du?«, blafft mir Viktor ins Ohr.

Ich bedeute Lu, kurz telefonieren zu müssen.

Sie ist so vertieft in die Zeitungsartikel, dass sie kaum bemerkt, wie ich den Raum in Richtung Bad verlasse.

Dort angekommen schließe ich die Tür hinter mir. »Ich bin –«

»Mir ist egal, wo du bist!«

»Ich bin unterwegs.«

»Hab☐ ich dir nicht gesagt, du sollst deinen Arsch herschaffen?«

»Ich sagte doch, ich –«

»SOFORT!«

Ich schweige.

»Oder war meine Warnung nicht deutlich genug?«

»Doch«, presse ich hervor, aber da hat Viktor bereits aufgelegt.

Mir wird klar, dass ich an diesem Abend nicht drumherum komme.

Schwing deinen Arsch ins Velvet.

Zurück in der Küche ist Lu noch immer mit dem Artikel beschäftigt. »Also, wenn ich das hier richtig lese ...« Sie sieht mich erschrocken an. »Was ist mit dir?«

»Warum?«

»Du siehst plötzlich so blass aus.«

»Ach, nur eine Mischung aus allem, Trauer, Aufregung Ungewissheit, was weiß ich. Ich bin so erschöpft von all den Fragen, die mich quälen.«

Und der ständigen Angst vor Viktor und dass er mein Geheimnis verraten könnte und damit den einzigen Halt in meinem Leben einreißt.

Aber das kann ich Lu nicht anvertrauen.

»Also«, sagt sie, »wenn ich das hier richtig lese, hat sich diese Hure —«

»Umgebracht!«, platzt es aus mir heraus.

»Schau dir das Bild genau an, Toni.« Lu hält das Krankenhausfoto neben den Artikel. »Hier das Bild im *Hauptstadt Kurier* ...«

Die plötzliche Erkenntnis lässt mich erschaudern. Plötzlich dreht sich alles. Ich schwanke.

Noch bevor ich umkippe, bekomme ich die Lehne zu greifen und sacke auf dem Stuhl zusammen.

Selbstmord im Milieu. Junge Mutter tot im Bordell!

»Wie hier berichtet wird, soll sie vergewaltigt worden sein. Es heißt, sie habe es nicht ertragen ...«

»Lu, das kann doch alles —«

Mein Handy leuchtet auf.

Eine WhatsApp von Alex ist eingetroffen. *Schatz, ich hoffe, du kommst etwas zur Ruhe. In der Notaufnahme brennt heute der Baum. Melde mich vielleicht nicht mehr. Schlaf später gut. Bis morgen!*

Mein Blick fällt auf die Uhrzeit.

19.08 Uhr

Ich erschrecke. »Schon so spät, Lu?«

»Äh, ja, was ist?«

»Ach nichts ich … ich werde mich jetzt auf den Weg machen.« Der erste Versuch, aufzustehen, scheitert.

»Vielleicht gehst du es etwas ruhiger an?« Lu reicht mir ein Glas Wasser.

Ich kippe es auf ex und erhebe mich extra langsam vom Stuhl.

Handy und Zeitungsartikel samt Foto verstaue ich in meiner Tasche und werfe einen letzten Blick auf Terrie, der sich in sein Körbchen zurückgezogen hat.

Hund müsste man sein.

Etwas besorgt verabschiedet sich Lu an der Tür von mir. »Hey, Toni, wenn irgendwas ist, ich bin immer für dich da. Tag und Nacht.«

»Ich weiß«, für einen kurzen Moment nehme ich sie in den Arm, »danke.«

»Dafür doch nicht.« Sie löst sich von mir. »Ach und

vergiss nicht, der Kurs morgen beim alten Professor. Lass mich nicht hängen«, fügt sie eindringlich hinzu.

»Keine Angst Lu, ich lass dich nicht hängen. Bis morgen und danke noch mal.«

Draußen schlägt mir sofort wieder die Kälte entgegen.

Seit wann ist es Ende März so arschkalt?

Ich reibe mir die Hände und eile in Richtung Bahnhof Zoo. Für einen Abstecher nach Hause ist es zu spät.

Mache ich mich eben im *Velvet* fertig.

Selbstmord im Bordell. Junge Mutter tot im Evita!

Die Schlagzeile hat sich mir eingebrannt. Genauso wie:
Deine Mutter, die Hure.

Hinter mir vernehme ich schnelle, schwere Schritte.

Sofort erhöhe auch ich mein Tempo.

Erst Ecke Steinplatz bleibe ich stehen und krame in meiner Tasche. »Wo hab ich sie denn?«, murmle ich und schiele unauffällig über die linke Schulter.

Ein älterer Typ, das Cap tief ins Gesicht gezogen, biegt knapp hinter mir in die Carmerstraße.

Er bleibt vor einem Hauseingang stehen.

Ein Schlüsselbund klappert.

Beruhige dich, rede ich mir selbst gut zu und setze mich wieder in Bewegung.

Kurz darauf passiere ich die Hardenbergstraße.

Kurz vor dem Amerikahaus werde ich das Gefühl nicht los, dass mir doch jemand folgt.

Wieder drehe ich mich um.

War das nicht der Typ von eben, der da in der Seitenstraße verschwunden ist?

Am HIT-Supermarkt wechsele ich die Straßenseite.

Der üble Geruch von kalter Kippe und ungeputzten Zähnen schlägt mir entgegen, als mich ein Obdachloser an der Ampel auf einen Euro anquatscht.

Schnell ziehe ich Kleingeld aus der Hosentasche und drücke es ihm in seine schmutzige Hand.

Begleich lieber erst mal deine Schulden, glaube ich Viktor, in meinem Kopf knurren zu hören.

SIEBZEHN

»Ja, Dr. Salm, das machen wir«, Benedikt seufzte, »ja, genau *so*, wie Sie es sagen.« Er beendete das Telefonat und verdrehte die Augen.

Dann bemerkte er eine weitere ungelesene Nachricht von Mila, die zwischenzeitlich eingetroffen war.

Er zögerte kurz, ehe er das Handy wegsteckte, Buschmann ein paar Anweisungen gab und Stark zum Transporter der Spurensicherung folgte.

Dort zogen sie sich neue Schutzanzüge an, ehe sie sich wieder auf den Weg in die Wohnung des Opfers machten.

»Und?«, fragte Stark. »Was wollte der Chef?«

»Uschi muss mit Leon ins Krankenhaus, wo sie den Arzt vernehmen soll, bei dem Vogt gestern in Behandlung war.«

»Sackowitz hat also recht.«

»Ja«, brummte Benedikt, »Vogt ist entkommen. Und jetzt endlich wird auch die Fahndung nach ihm eingeleitet, das volle Programm.«

»Jetzt erst?«

»Auch das ist typisch Berlin – erst einmal alle Fehler totschweigen, und erst, wenn es sich nicht mehr vermeiden lässt, wird gehandelt.«

»Und was bedeutet das für unseren Fall?«

»Das wird sich zeigen.«

Sie hatten Bratzlaws Wohnung erreicht, in dem die Kriminaltechniker nach wie vor geschäftig herumwuselten.

Etliche Spuren waren markiert und nummeriert, auf dem Teppich, am Sofa, dem Tisch, sogar am Schrank und am Fernseher.

Nach wie vor hockte Dr. Wittpfuhl neben der Leiche.

Benedikt blieb mit etwas Abstand stehen. »Könnte sie tatsächlich ein neues Opfer von Vogt sein?«

Stark zuckte mit den Schultern. »Der Verdacht liegt nahe angesichts der Mordumstände, oder? Pauls und Uschis Reaktion auf den Anblick der Leiche spricht Bände.«

»Mag sein, aber es gibt keine Anhaltspunkte, dass Alina Bratzlaw als Prostituierte –«

»Aha«, rief Dr. Wittpfuhl, »Sie wurden also bereits über den damaligen Fall informiert.«

»Sie waren damals ebenfalls involviert, richtig?«

»Durchaus.«

»Wie beurteilen Sie unseren Fall hier und heute?«

»Nun«, Dr. Wittpfuhl verzog das Gesicht, »*dafür* bin ich nicht zuständig.«

»Und was glauben Sie?«

»Fürs Glauben bin ich –«

»Herrgott«, fluchte Benedikt, »Sie kennen den Fall damals, Sie haben die Tote hier gesehen.« Er fixierte den Gerichtsmediziner. »Also, Herr Dr. Wittpfuhl, war Vogt hier oder nicht?«

»Nun«, Dr. Wittpfuhls Miene verdüsterte sich, »lassen Sie es mich so formulieren: Denkbar ist es.«

»Woran machen Sie das fest?«

»Das Opfer ist vierundzwanzig Jahre alt und wurde offensichtlich mit einem Messer gefoltert. An ihrem Körper befinden sich zahlreiche Schnittverletzungen, markant vor allem das Kreuz im Gesicht. Aber diese Verletzungen waren nicht todesursächlich und wurden dem Opfer teilweise erst nach seinem Tod zugefügt.«

»Wie kam es zu Tode? Und wann?«

»Der Stich oberhalb der linken Brust könnte tödlich gewesen sein. Den Todeszeitpunkt schätze ich auf den gestrigen Nachmittag, aber das ist vorläufig.«

»Wurde sie missbraucht?«, hakte Stark nach. Die Anspannung in ihrer Stimme war deutlich spürbar. Sie hatte die Fäuste geballt.

»Auch das ist denkbar«, gab Dr. Wittpfuhl zu, »es befinden sich Hämatome an der Innenseite der Schenkel. Dennoch stelle ich hier keine Mutmaßungen an und werde dies erst nach genauer Untersuchung in der Rechtsmedizin eindeutig bestimmen können, deshalb möchte ich –«

»Herr von Oswald, Frau Stark«, erscholl Dr. Boddes angespannte Stimme. »Kommen Sie schnell!«

Benedikt und Stark fanden die Kriminaltechniker in der kleinen Küche.

»Hier«, Dr. Bodde stand neben dem geöffneten

Mülleimer, in der einen Hand einen grauen Pullover, in der anderen ein blutverschmiertes Küchenmesser.

Einer ihrer Kollegen drängte an den Kommissaren vorbei und reichte ihr einen Beweismittelbeutel.

»Wir werden das Messer auf Fingerabdrücke prüfen«, sagte Dr. Bodde und verpackte das Beweismittel in den durchsichtigen Beutel. Dann beschriftete sie ihn und gab ihn ihrem Kollegen zurück. »Sofern vorhanden, gleiche die Abdrücke mit denen des flüchtigen Vogts ab. Und lasse die Kleidung auf DNA-Spuren untersuchen.«

»Natürlich«, der Kriminaltechniker eilte aus der Wohnung.

Benedikt und Stark folgten ihm ins Freie.

Draußen entledigten sie sich ihrer Schutzanzüge, dann steuerten sie auf ihren Passat zu.

Noch ehe sie einsteigen konnten, stand plötzlich Sackowitz bei ihnen.

»Sie schon wieder«, brummte Benedikt.

Der Reporter zeigte sein Grinsen, »Ich dachte, jetzt, da Kalkbrenner weg ist, könnten Sie mir vielleicht …«

»Was?«

»… auf meine Fragen antworten.«

»Herrgott, Sie haben ja Vorstellungen!«

»Ich könnte mir vorstellen, dass Sie —«

»… Ihre Fragen in die Pressestelle geben, die sind dafür zuständig.«

»Ach kommen Sie, Herr von Oswald!«

Benedikt winkte ab, stieg zu seiner Kollegin in den Wagen und schlug die Tür hinter sich zu.

Stark ließ den Motor des Passats kurz aufheulen und brauste in Richtung Charlottenburg davon.

Unterwegs schaltete Benedikt das Radio an.

In den Nachrichten war Vogts Flucht inzwischen das Top-Thema. *»Der Gesuchte ist 1,90 Meter groß, trägt vermutlich einen grauen Pullover und eine Jeans, hat einen Bart und ist höchst gefährlich. Sprechen Sie den Flüchtigen nicht an. Informieren Sie die Polizei.«*

In die Stimme des Sprechers mischte sich das Klingeln von Benedikts Handy.

Es war Kalkbrenner.

Benedikt aktivierte die Freisprecheinrichtung. »Ja, Paul?«

»Ich habe mir die alten Akten vorgenommen«, legte Kalkbrenner sofort los. »Auf die Schnelle habe ich keine Hinweise auf Verwandte entdecken können, bei denen Vogt hätte untertauchen können. Laut Register ist seine damalige Freundin bereits letztes Jahr verstorben. Die Überprüfung könnt ihr euch also sparen.«

»Hatte er in all den Jahren überhaupt Kontakt nach draußen?«

»Noch warten wir auf Antwort aus der JVA. Sie prüfen das Besucherregister.«

»Hast du schon etwas von Leon und Uschi gehört?«

»Ihre Befragung des Arztes in der Charité dauert noch an.«

»In der Charité?«, wiederholte Benedikt verdutzt.

Auch Stark hatte aufgehorcht. »Vogt war in der Charité?«

»Ja, wieso?«

»Die Charité liegt nur zwei Straßenecken vom Tatort entfernt.«

Kalkbrenner schwieg überrascht. »Verdammt«, sagte er dann, »ihr habt recht. Wenn das stimmt …«

»… dann ist Alina Bratzlaw womöglich nur ein zufälliges Opfer«, beendete Stark den Satz.

»Gottverdammt«, pflichtete Benedikt ihr bei, »wahrscheinlich hat Vogt auf seiner Flucht nur Unterschlupf gesucht, und Alina, die gerade von dem Essen mit ihrer Schwester heimkehrte, war die erstbeste Gelegenheit.«

Für einen Moment schwiegen sie betroffen.

Bis Stark fragte: »Und jetzt?«

»Müssen wir alles daransetzen, dass Vogt so schnell wie möglich gefasst wird«, erwiderte Benedikt.

»Die Fahndung nach ihm läuft endlich an«, erklärte Kalkbrenner. »Die Presse wurde verständigt …«

»Wir haben es gerade im Radio gehört.«

»Mehr können wir im Augenblick wohl nicht mehr tun.«

»Nein«, brummte Benedikt.

»Wenn sich zwischenzeitlich nichts weiter tut, sehen wir uns morgen früh auf dem Dezernat. Dr. Salm möchte das weitere Vorgehen besprechen.«

»Ja klar«, erwiderte Benedikt, »aber … Paul?«

Kalkbrenner hatte bereits aufgelegt.

Benedikt blickte auf sein Handy.

Ein schlechtes Gewissen überkam ihn, als er eine weitere WhatsApp von Mila bemerkte, die er übersehen hatte.

Sie war bereits um 15:16 Uhr gekommen.

Freu mich aufs Wochenende bei deiner Familie, hatte sie geschrieben. *Eine frische Ostseebrise tut uns sicher beiden gut. Kuss, M.*

Während er Milas vorherige Nachrichten las, begann er, sich zu entspannen.

In einer hatte sie geschrieben: *Ich vermisse dich schon jetzt.*

In einer anderen: *Wann hast du denn heute Feierabend? Sehen wir uns? Bei mir? #bald ;-)*

Er spürte, wie sich ein Lächeln auf seine Lippen stahl. Kurz zögerte er, dann tippte er eine Antwort: *Bist du zuhause?*

»Na«, hörte er Stark fragen, »diesmal hat es dich wohl richtig erwischt, was?«

»Sie ist schon was Besonderes«, gab Benedikt zu.

»Aber?«

»Nichts aber.«

»Es klang so.«

Er zögerte. »Aber mal schauen, ob *sie* sich mit meiner Arbeit arrangieren kann.« Er deutete zur Straße raus. »Du kannst mich hier absetzen.«

»Ich kann dich auch nach Hause fahren.«

»Ach nee«, Benedikt winkte ab, »ich nehm mir einen Roller.«

»Schon klar.« An der Ecke Fasanenstraße fuhr Stark rechts ran.

Hinter ihnen hupte ungeduldig ein Taxifahrer.

Benedikt stieg rasch aus und wollte die Autotür zuschlagen.

»Benedikt!«, rief Stark.

»Ja?«

»Hier!« Mit einem Grinsen griff sie nach dem To-go-Becher. »Nicht, dass du morgen ohne deinen Ingwertee das Haus verlassen musst. Ich hole dich um sieben ab.«

»Jaja.« Benedikt schmunzelte. »Mach dich nur lustig. Bis morgen.« Dann schlug er die Tür schwungvoll zu.

Stark setzte den Blinker und zog beherzt links raus.

Benedikt schloss seine Lederjacke, als der eiskalte Wind ihm abermals um die Ohren pfiff.

Er zückte sein Handy und wählte Milas Nummer.

Das Freizeichen ertönte.

Nach dem fünften Klingeln sprang die Mailbox an.

Benedikt legte auf, suchte sich einen E-Roller und fuhr in Richtung Goethestraße.

Unterwegs versuchte er es noch ein weiteres Mal bei Mila.

Wieder erreichte er nur die Mailbox.

Diesmal hinterließ er eine Nachricht: »Bist du zu Hause? Ich bin auf dem Weg zu dir.«

Er trennte die Verbindung, wartete einige Sekunden, dann setzte er die Fahrt fort.

Dann hatte er die Goethestraße 7 erreicht.

Ein paarmal war er schon hier gewesen, hatte Mila auf einer Hunderunde mit Terrie begleitet.

Aber tatsächlich hatte er sie noch nie in ihrer Wohnung besucht. Warum eigentlich nicht?

Vielleicht, weil er es nach seinen ganzen Pleiten der letzten Monate etwas langsamer hatte angehen wollen.

Aber jetzt, da er kurz davorstand, sie seinen Eltern vorzustellen – gab es da noch einen Grund für Zweifel?

Entschlossen trat er vor die Haustür und drückte ihre Klingel.

Nichts geschah.

Er klingelte erneut.

Wieder keine Reaktion.

Noch einmal wählte er Milas Nummer.

Nur die Mailbox.

Benedikt blickte die Straße rauf und runter, hielt Ausschau nach Mila, die vielleicht mit Terrie eine letzte Abendrunde drehte.

Aber auch nach einer Viertelstunde war weit und breit nichts von den beiden zu sehen.

Mit einem Seufzen ging er zurück zum Roller.

Mal schauen, ob sie *sich mit meiner Arbeit arrangieren kann.*

Beklommen machte er sich auf den Weg nach Hause.

ACHTZEHN

Im *Velvet* ist bereits reger Verkehr.

»Du bist spät dran«, empfängt mich Chantal, die wie immer in einem hautengen schwarzen Kleid hinter dem Tresen sitzt. »Hier«, sie drückt mir eine kleine Tasche in die Hand, »deine Arbeitskleidung.« Sie grinst breit. »Es wäre mir lieb, wenn du die Sachen mit nach Hause nimmst.«

»Aber –«

»Ich weiß, dein Häschen darf nichts von deinem Job hier erfahren, aber das *hier* ist kein Lagerplatz. Es sei denn ... du beteiligst mich am Gewinn.«

»Ach Chantal, wie soll ich das denn noch schaffen? Viktor macht mir doch schon das Leben zur Hölle.«

»Dann nimm ab heute dein Zeug mit nach Hause.«

»Schon gut.« Bedrückt wende ich mich ab und hänge mir die Tasche über die Schulter.

Dann will ich auf mein Zimmer.

»Apropos Viktor«, ruft Chantal mir hinterher.

Ich erstarre in der Bewegung.

»Sei bloß froh, dass er schon weg ist.«

Ich schweige und bin tatsächlich froh, zumindest ein kleiner Lichtblick.

»Der ist mächtig sauer auf dich«, fügt Chantal hinzu.

Wortlos laufe ich weiter, vorbei an den anderen Zimmern.

Stöhnen und lustvolle Schreie dringen hinter einigen der Türen hervor.

Der Gedanke, in wenigen Minuten schon den ersten Freier empfangen zu müssen, lässt einen Schauer des Ekels durch meinen Körper laufen.

Ich stecke den Schlüssel ins Schloss meines Zimmers, als die Hure nebenan mit ihrem Freier in den Gang tritt.

»Tschüssi, du Sahnestück«, verabschiedet er sich und wirft mir einen lüsternen Blick zu.

»Ciao, und besuch mich bald mal wieder.« Fräulein Babett wirft ihrem Freier einen Luftkuss hinterher.

Er tut so, als würde er ihn fangen und in seine Hose stecken. Grinsend dreht er sich um und verschwindet.

Kaum ist er weg, verdreht Fräulein Babett die Augen. »Boah«, macht sie angewidert, »dieser Typ ist so –«

»Na, vielleicht wäre es besser, wenn er sich doch nicht so bald wieder meldet«, sage ich mit einem Hauch von Ironie.

»Du weißt doch inzwischen, wie es hier läuft. Wenn du nur die Gestörten abbekommst, kannst du dich glücklich schätzen, dass es nicht die richtig Perversen sind. Und er gehört zu den harmlosen Gestörten.« Wieder rollt Babett mit den Augen. »Aber sag, was machst du hier?« Sie zögert kurz. »Wolltest du nicht aussteigen?«

Ich lache auf. »Wie stellst du dir das vor?« Mein Lachen

verschwindet so schnell, wie es gekommen ist. »Natürlich will ich raus und ein ganz normales Leben führen, aber Viktor ...« Meine Stimme versagt. Tränen steigen mir in die Augen.

Fräulein Babett legt ihre Hand sanft auf meine Schulter. »Mädchen, du bist noch so jung. Du kannst das schaffen. Vertrau mir. Für mich alte Schachtel dagegen ist es zu spät.«

Ein Funken Hoffnung flackert auf. Doch Zweifel bleiben. »Wie soll das gehen? Viktor findet mich überall!«

»Warte.« Fräulein Babett eilt in ihr Zimmer und kommt mit einer Visitenkarte zurück.

»Ruf dort an. Eine ehemalige Kollegin, Ivy, engagiert sich in diesem Verein. Sie bieten Schutzunterkünfte und Nachsorgeprogramme für Frauen, die aussteigen wollen. Vielleicht kann sie dir helfen.«

Am Ende des dunklen Ganges erscheint ein kleiner dickbäuchiger Mann mit grauem Haar.

Er kommt auf mich zu. »Ich denke, wir sind verabredet«, haucht er schmierig und mustert mich irritiert von Kopf bis Fuß. »Oder bin ich zu früh?«

Eigentlich ja, aber ich sage: »Nein«, und bemühe mich, verführerisch zu lächeln.

Der Kunde ist König, eine der ersten Regeln, die Viktor mir eingebläut hat, gleich nachdem ich verstanden hatte, dass seine Schmeicheleien nur Maskerade waren.

»Machs dir schon mal bequem«, sage ich, »ich bin gleich bei dir.«

Während er ins Zimmer geht, suche ich Fräulein Babetts Blick.

Sie deutet auf die Visitenkarte in meiner Hand und formt mit ihren Fingern einen Telefonhörer.

Ich nicke.

Dann folge ich meinem Freier in das Zimmer.

Berliner Kurier, 29.3.2023

<u>Serienmörder entkommt aus Charité</u>

WO IST DAS
MONSTER VON BERLIN?

Von Hardy Sackowitz

Berlin. – Panik in der Hauptstadt! Der berüchtigte Serienmörder Hermann Otto Vogt, bekannt als »Das Monster von Berlin«, ist entkommen.

Über die Umstände seiner Flucht hüllen sich die Verantwortlichen in Schweigen. Fakt ist aber: Vogt, der Anfang der 2000er-Jahre acht Prostituierte auf grausamste Weise folterte, missbrauchte, mit einem Messer entstellte und tötete, konnte während einer Untersuchung aus der Charité entkommen. Trotz intensiver Fahndung gibt es bisher keine Spur von ihm.

Wie konnte es zu diesem eklatanten Sicherheitsversagen kommen?

Damit nicht genug, kam es nur wenige Stunden nach seiner Flucht zu einem Mord an einer jungen Frau unweit der Charité. Hat das Monster von Berlin schon wieder zugeschlagen?

Noch hüllt sich die Polizei in Schweigen zu dem Fall.

Stattdessen bittet sie die Bevölkerung bei der Suche nach Vogt um Mithilfe. Wer hat etwas Verdächtiges beobachtet?

NEUNZEHN

Benedikt sitzt mit Mila im Strandkorb, ihre Gläser mit Wild Berry Lillet erhoben. Ihre Blicke verschmelzen, ein stilles Versprechen liegt in der Luft. Benedikt lächelt, doch plötzlich erklingt eine Melodie: *Take Five,* erst leise, dann immer lauter. Er dreht sich weg von Mila und sieht Dr. Salm, der bedächtig den Kopf schüttelt.

Die Melodie ertönt weiter und –

Benedikt erwachte.

Es war sein Handy, das klingelte.

Benommen griff er danach, doch als er es zu fassen bekam, verstummte das Telefon.

Es war Stark, die ihn angerufen hatte.

Benedikt stöhnte, rieb sich das Gesicht und checkte WhatsApp.

Noch immer keine Antwort von Mila.

»Herrgott«, murmelte er.

Er hatte sich die halbe Nacht hin und her gewälzt, erst an Vogt gedacht, dann an Mila.

Die Enttäuschung hatte an ihm zu nagen begonnen.

Mal schauen, ob sie *sich mit meiner Arbeit arrangieren kann.*

Gestern Abend noch hatte er Mila voller Vorfreude auf ihre WhatsApp zu ihrem gemeinsamen Wochenende in Stralsund geantwortet.

Aber bisher hatte sie seine Nachricht nicht einmal gelesen.

Auch auf seine Anrufe hatte sie nicht reagiert.

Warum beachtete sie ihn nicht mehr?

Gottverdammt, wie ernst meinte sie es wirklich mit ihm?

It's a match.

Klar, Mila war noch Studentin, mit einer Zukunft voller Möglichkeiten. Er hingegen hatte seine privaten Träume oft genug begraben müssen.

Affären hatten seine Einsamkeit nur kurz gestillt.

Mit Mila aber schien alles anders.

Jedes Mal breitete sich ein warmes Gefühl in seiner Brust aus, sobald er an sie dachte.

Nur dass sie ihn jetzt zu ignorieren schien, ganz offensichtlich, weil er gestern nicht sofort auf ihre Nachrichten reagiert hatte.

Jetzt schlichen sich Zweifel auch bei ihm ein.

Fast war er erleichtert, als sein Handy wieder zu läuten begann.

Erneut war es Stark. »So früh schon, Jamina?«

»*So früh?* Das soll ein Witz sein, oder?«

Verpeilt setzte sich Benedikt auf, nahm das Handy vom Ohr und warf einen flüchtigen Blick auf die Uhrzeit.

»*Gottverdammt!*«

»Du hast verschlafen!«

»Warte kurz.«

»Ich warte schon die ganze Zeit im Wagen vor deinem Haus.«

»Ich beeile mich.« Er legte auf und öffnete auf dem Weg in die Küche abermals WhatsApp.

Noch immer war die Nachricht an Mila ungelesen.

Er nahm sich fest vor, sie darauf anzusprechen, doch darum würde er sich später kümmern.

Jetzt war Eile geboten.

Rasch schnitt er ein paar Scheiben von der Ingwerknolle ab und warf sie in seinen Becher.

Dann stellte er den Wasserkocher an und eilte ins Bad.

Eine Viertelstunde später stieg er zu Stark in den Passat. Im Radio dudelte irgendein Rocksong.

»Das nennst du *beeilen*?«, fragte Stark.

»Das *war* schnell!«

»Dann erklärst *du* das bitte Dr. Salm. Nicht, dass unsere Verspätung wieder an mir kleben bleibt.«

»Jaja«, murmelte Benedikt gedankenverloren, »als ob es auf das eine Mal mehr ankommen würde.«

Stark ging nicht darauf ein. Stattdessen musterte sie ihn. »Du siehst aus, als hättest du die ganze Nacht nicht geschlafen. Probleme?«

Er murmelte etwas Unverständliches und strich sich müde durch das zerzauste Haar. Seine ungelesene Nachricht an Mila hing ihm noch immer nach.

Gerade als er sein Handy aus der Tasche zog, um sie

anzurufen, wechselte Stark den Sender. Im Radio erklang *Aerosmith*.

I don't want to close my eyes, I don't want to fall asleep, 'cause I'd miss you, babe, and I don't want to miss a thing.

Benedikt presste die Lippen zusammen und starrte zum Fenster raus.

Als plötzlich sein Handy klingelte, regte sich unvermittelt Hoffnung.

Doch es war nur Buschmann.

Trotzdem war Benedikt erleichtert, weil ihr Anruf die Chance bot, das Radio auszuschalten. »Guten Morgen, Uschi.«

»Wo bleibt ihr, Benedikt? Dr. Salm wartet und ist —«

»Sag ihm, es war meine Schuld«, brummte Benedikt. »Gib uns zehn Minuten.« Dann legte er auf und hielt Stark sofort davon ab, das Radio erneut einzuschalten.

Trotzdem hallte der Song in seinem Kopf.

'cause I'd miss you, babe, and I don't want to miss a thing.

ZWANZIG

»Guten Morgen, Schatz«, haucht Alex mir entgegen und schiebt mir eine Haarsträhne aus dem Gesicht.

Er sitzt neben mir am Bett, bereits fix und fertig angezogen.

Am Boden liegt seine Sporttasche.

»Guten Morgen«, gähne ich und ziehe mir die Bettdecke über den Kopf.

Ein bleierner Schleier aus Müdigkeit liegt auf mir. Meine Augenlider sind schwer.

Die Gedanken an die vergangene Nacht lasten auf meiner Brust.

Ich bin gestern erst spät nach Hause gekommen. Alex hatte da schon tief und fest geschlafen.

Ich dagegen hatte mich noch eine halbe Ewigkeit unruhig hin und her gewälzt.

»Wo warst du gestern Abend?«, fragt Alex. »Ich dachte, ich treffe dich nach der Spätschicht noch.«

Kurz zögere ich. »Lu … wir, also wir haben gestern noch ein paar Sachen für die Uni besprochen. Es ist spät geworden.«

Mein Magen zieht sich zusammen, als ich mal wieder, wie seit Wochen, seit Monaten, die Lüge ausspreche, und ein unangenehmes Stechen durchbohrt meine Brust.

Alex' fürsorglicher Blick trifft mich wie ein Schlag und das Schuldgefühl kriecht in mein Bewusstsein.

Die Wahrheit steckt mir wie ein bitterer Kloß im Hals.

Ich sehe vor mir, wie seine Augen sich verdunkeln und seine Schultern zusammensacken würden.

Der Gedanke allein bringt mich fast um.

Alex ist mein Rettungsanker, vom ersten Tag an, als wir uns vor einem Dreivierteljahr kennengelernt haben.

Vor einem halben Jahr sind wir zusammengezogen.

Unsere kleine, aber feine Parterrewohnung hier in der Helmholtzstraße in Charlottenburg, die zwei Zimmer, die wir gemeinsam eingerichtet haben, unsere Beziehung – das alles ist mein sicherer Hafen.

Verdammt, nein, ich kann nicht riskieren, Alex zu verlieren.

»Ach so«, reißt er mich aus meinen trübsinnigen Gedanken. »Ich hatte mich extra beeilt, nach allem, was gestern –«

»Lass uns das bitte einfach abhaken.«

»Klar, aber –«

»Meine Reaktion gestern nach der Beerdigung war übertrieben. Es tut mir leid, ich war durcheinander.«

Mein Handy klingelt.

Ich erstarre.

Ein Blick auf die Nummer genügt.

Schwing deinen Arsch ins Velvet.

»Wer ist es?«, fragt Alex.

»Keine Ahnung, ich kenn die Nummer nicht. Sicher nur verwählt.« Ich drücke den Anruf weg und lege das Handy zur Seite. »Frühstückst du mit mir, bevor ich zur Uni gehe?«

»Nein, Schatz, du weißt doch, freitags ist mein Sporttag.« Mit seinem Zeigefinger stupst Alex neckisch meine Nasenspitze. »Raus aus den Federn. Ich mache mich auf den Weg ins Studio.«

Ein tiefes, unwillkürliches Ausatmen entweicht mir, als Alex sich erhebt und seine Sporttasche schultert.

Augenblicklich werde ich entspannter. »Ich muss auch zur Vorlesung.«

»Und heute Abend? Schon was vor?«, fragt er auf dem Weg ins Bad.

Ich stemme mich aus dem Bett und ziehe die Vorhänge auf.

Im Innenhof sehe ich die alte Wesemeyer von oben. Obwohl eiskalt draußen, hängt sie ihre Wäsche auf.

Irgendwie ist sie ein komischer Kauz, und nicht nur, weil sie ständig die Tür zum Hinterhof offenstehen lässt, dadurch die Kälte ins Haus dringt, in unsere Parterrewohnung zieht und mich ständig frieren lässt.

Als sie mich am Fenster bemerkt, weiche ich rasch zurück.

Außerdem höre ich plötzlich ein Poltern im Flur.

»Ach Mist«, flucht Alex, »was ist das denn für eine Tasche?«

Erschrocken eile ich zu ihm.

Er hält meine kleine Reisetasche in der Hand und ist im Begriff, sie zu öffnen.

Schnell reiße ich sie ihm aus der Hand. »Meine … meine Tasche. Lu hat gestern, also, sie hat Klamotten aussortiert.« Ein Schauer läuft mir über den Rücken und gleichzeitig schießt mir das Blut in die Wangen. Meine Hände beginnen zu zittern, und mein Atem geht schneller.

»Okay, aber warum so aufgeregt, Schatz?«

Ich schmiege mich, nur mit Unterwäsche bekleidet, an Alex und hauche ihm nur ein Wort ins Ohr. »Überraschung.«

»Uh, dann hast du heute Abend wohl noch etwas vor mit mir?« Er zieht mich nah an sich heran und küsst mich.

»Vielleicht«, presse ich hervor, als er sich von mir löst. »Wann kommst du heim?«

»Gegen zehn sollte ich Feierabend haben, wenn nichts dazwischenkommt. Treffe ich dich hier?«

»Wahrscheinlich bin ich erst noch bei Lu. Aber ich denke, ich werde dich dann hier erwarten.«

Als er mich erneut versucht, zu küssen, winde ich mich aus seinen Armen und schreite Po wackelnd ins Bad.

Alex öffnet die Wohnungstür und flucht. »Dieses verdammte Schloss.«

»Wolltest du nicht den Hausmeister verständigen?«

»Hab ich, aber du kennst ihn – *komm ich heut nicht, komm ich morgen.*«

»Er soll das endlich reparieren, sonst brauchen wir gar nicht abschließen, weil eh jeder rein kann.«

»Ich ruf gleich noch mal an!«

»Danke.« Ich werfe Alex einen Luftkuss zu.

Er fängt ihn auf.

Ein warmes Gefühl breitet sich in meiner Brust aus, und ein Lächeln stiehlt sich auf mein Gesicht, als ich sehe, wie er die Hand aufs Herz legt.

Ja, da gehört er hin.

EINUNDZWANZIG

In den Büros herrschte geschäftiges Treiben. Telefone läuteten in einer endlosen Kakophonie.

Das Dezernat schien vor Anspannung zu vibrieren.

»Er wartet bereits«, rief Pospiech, der über den Flur und in sein Büro huschte.

Benedikt und Stark eilten in den Konferenzraum. »Guten Morgen.«

»Weiß nicht, was daran gut sein soll«, murmelte Buschmann, die mit schmerzverzerrtem Gesicht auf einem der Stühle hockte und versuchte, ihren steifen, vom Rheuma geplagten Rücken zu strecken.

»Ganz Ihrer Meinung«, donnerte Dr. Salm. *»Herr von Oswald, Frau Stark! Was denken Sie sich? Haben Sie die Zeit vergessen?«*

»Es tut mir leid«, sagte Benedikt, »ich hatte —«

»Und haben Sie Sackowitz' Artikel im *Berliner Kurier* gelesen?«, ließ ihn der Dezernatsleiter nicht ausreden. Er deutete auf die Zeitung, die vor ihm ausgebreitet lag.

Wo ist das Monster von Berlin?

Beklommen starrte Benedikt auf die fette Schlagzeile.

»Noch«, Dr. Salm machte eine Pause, um die Bedeutsamkeit seiner Worte zu unterstreichen, »richtet sich der Zorn der Öffentlichkeit gegen die Verantwortlichen in der Justizvollzugsanstalt. Aber das kann sich schneller ändern, als uns lieb ist.«

»Sie meinen«, sagte Pospiech, der in den Raum zurückkehrte, »wenn wir keinen schnellen Ermittlungserfolg vorweisen.«

»Ganz genau. Dann sind wir diejenigen, die nicht nur für Vogts Flucht verantwortlich gemacht werden.«

»Ja, aber –«

»Und dass das Monster von Berlin wieder mordet. Denn das tut es, oder? Das Opfer gestern …«

»Alina Bratzlaw!«, warf Stark ein.

Dr. Salm winkte unwirsch ab. »Das geht auf Vogts Konto, oder?«

»Es deutet einiges darauf hin«, gab Benedikt zu. »Die unmittelbare Nähe vom Tatort zur Charité, dem Ort, an dem Vogt entkommen ist. Die Mordumstände, die Wunden des Opfers.«

»Was wissen wir außerdem?«, wollte Dr. Salm wissen.

»Am besten, wir gehen der Reihe nach vor«, ergriff Buschmann das Wort.

Mit einem neuerlichen unwirschen Wink gab ihr Dr. Salm zu verstehen, dass sie beginnen sollte.

Sie nickte. »Wir haben gestern Abend noch Rücksprache mit Dr. Elias Hoffmann in der Charité halten können.«

»Der Arzt, der Vogt behandelte, bevor er flüchtete«, ergänzte Pospiech, der seine Aufregung kaum verbergen konnte. »Er hat uns wirklich wichtige Hinweise gegeben, die uns –«

»Leon«, fiel Buschmann ihm ins Wort, »ich sagte …«

»Ja genau, aber –«

»Der Reihe nach!«

Verdrossen verzog Pospiech das Gesicht.

»Was ich sagen wollte«, fuhr Buschmann fort. »Dr. Hoffmann ist Spezialist für Speiseröhrenerkrankungen.«

Pospiech setzte sich wieder gerade auf und hob den Zeigefinger: »Jetzt kommt's!«

Wieder schnaubte Buschmann, würdigte ihn aber diesmal keines Blickes. »Er berichtete uns, dass er seinem Patienten, Hermann Otto Vogt, gestern mitteilen musste, dass Krebs im späten Stadium diagnostiziert wurde.«

»Und dass er nur noch wenige Monate zu leben hat«, platzte es aus Pospiech heraus.

Benedikt ignorierte ihn. »Was heißt das konkret, Uschi? Wie lange noch?«

»Die Lebenserwartung hängt auch im Endstadium, also Stadium IV, wie Dr. Hoffmann erklärte, immer ganz von verschiedenen Faktoren ab. Doch bei der vorliegenden Metastasierung und dem allgemeinen Zustand des Patienten geht er von maximal sechs Monaten aus.«

»Zu lange«, äußerte Jamina.

»Wofür?«, wunderte sich Buschmann.

»Um ihn nicht zu finden.«

»Und damit haben Sie, Frau Stark, verdammt noch mal recht«, wetterte Dr. Salm.

Es war Benedikt, der fragte: »Wie reagierte Vogt auf die Diagnose?«

»Dr. Hoffmann meinte, Vogt sei völlig ruhig und gefasst geblieben«, Buschmann zuckte mit den Achseln, »keine Spur von Schock oder Verzweiflung.«

»Es war, als hätte er es schon vorher gewusst«, fügte Pospiech hinzu.

»Konnte Dr. Hoffmann etwas zur Flucht sagen? Wurde er überwältigt?«, wollte Stark wissen.

»Nein«, entgegnete Buschmann. »Vielmehr wurde Vogt, als die palliative Behandlung besprochen wurde, unvermittelt übel.«

»Tatsächlich oder nur vorgetäuscht?«

»In dieser Frage wollte sich der Arzt nicht festlegen. In dem Moment wirkte alles echt auf ihn. Vogt sprang auf, hielt sich die Hände vor den Mund und stürmte in Richtung Toilette.«

»Und die ihn begleitenden Wachleute?«, wunderte sich Dr. Salm. »Was war mit denen?«

»Tja, das ist ein großes Rätsel. Dazu schweigt die Direktorin der Justizvollzugsanstalt.«

»Hat sie uns wenigstens das Besuchsregister zukommen lassen?«, hakte Benedikt nach.

»Ja, genau«, Pospiech reckte das Kinn, »dieses will sie uns

heute per Mail senden. Aber ich habe gestern bereits mit ihrer Sekretärin gesprochen. Sie gab mir unter der Hand zu verstehen, dass Vogt nie Besuch bekam. Nur sein Anwalt, ein gewisser …«

»Rooks!«, zischte Buschmann voller Verachtung.

»Ja«, Pospiech nickte, »dieser Rooks soll in den vergangenen drei Wochen erstmals seit Langem wieder in der Justizvollzugsanstalt aufgetaucht sein.«

»Leon, stell bitte den Kontakt zu diesem Anwalt her«, verlangte Benedikt. »Sobald wir die exakten Besucherdaten haben, will ich mit ihm sprechen.«

»Wird erledigt!« Pospiech wollte zur Tür.

»Leon«, rief Stark ihm nach, »auch wenn es nichts mit diesem Fall zu tun hat: Gibt es etwas Neues aus der Kolonie Plötzensee?«

Pospiech hielt inne. »Dr. Wittpfuhl schickt seinen Bericht rüber, sobald die Untersuchung abgeschlossen ist. Er hat die Obduktion von Alina Bratzlaw vorgezogen.«

»Und der Besitzer der benachbarten Laube?«

»Siegfried Kosczinski? Der ist verstorben.«

»Hast du seine Witwe kontaktiert?«

»Oh«, Pospiech wurde sichtlich nervös, »das … das habe ich vergessen, aber —«

Die Tür zum Konferenzraum ging auf. Eine kleine untersetzte Dame in Wickelrock und Rüschenbluse tauchte auf. »Verzeihen Sie die Unterbrechung, aber —«

»*Frau Barnitzke*«, donnerte Dr. Salm, »*was wollen Sie denn hier?*«

Die gleiche Frage stellte sich Benedikt auch.

»Herr Kalkbrenner schickt mich«, sagte Rita Barnitzke, Kalkbrenners Sekretärin.

Dr. Salm ächzte. »Na, hoffentlich ohne Kuchen.«

Angesäuert verzog Rita ihr Gesicht. »Er hat einen dringenden Anruf erhalten.«

»Hat man Vogt etwa schon erwischt?«, fragte Dr. Salm voller Hoffnung.

»Leider nicht«, bedauerte Rita, »aber anscheinend gibt es ein weiteres Opfer.«

»Was soll das heißen?«

»Offenbar hat das Monster wieder zugeschlagen.«

ZWEIUNDZWANZIG

Während die Avocado in der Pfanne anbrät, schlage ich zwei Eier auf, verquirle sie und gieße sie darüber.

Als ich den Teller mit dem Rührei auf den Küchentisch stelle, fällt mein Blick auf die Zeitungsberichte, die dort zwischen meinen Studienunterlagen liegen.

Bevor ich gleich zur Uni fahre, werde ich mir die Berichte noch einmal in Ruhe anschauen.

Selbstmord im Milieu …

Ein Knopfdruck und der frisch gebrühte Kaffee läuft in meine Lieblingstasse und verbreitet einen wohligen Duft.

Ich nehme ihn aus dem Vollautomaten und stelle die Tasse ebenfalls auf den Tisch.

Erstmal einen Kaffee.

Den brauche ich jetzt dringend. Ich greife nach der Tasse.

Mein Handy klingelt.

Ich schrecke hoch und greife daneben.

Prompt ergießt sich der Kaffee über den Tisch.

Hektisch packe ich meinen Unistapel loser Blätter zwischen etlichen Büchern und lege sie auf die Arbeitsplatte. Einzig die Zeitungsartikel schwimmen nun in der braunen Suppe.

»Scheiße!«, fluche ich. »Auch das noch.«

Ich schnappe die Rolle Küchenpapier und sauge die Pfütze auf der Klarsichthülle damit auf.

Ein Teil des Kaffees ist jedoch bereits hineingelaufen.

Vorsichtig ziehe ich das A4-Papier mit den aufgeklebten Zeitungsartikeln heraus.

… junge Mutter tot im Bordell!

Laut Artikel war der Name des Bordells Evita.

Ich starre den Namen an.

Evita.

Der innere Drang, zu erkunden, ob es dort Hinweise auf meine Mutter gibt, wird immer stärker.

Irgendjemand muss mir mehr über sie sagen können.

Google verrät, dass der ehemalige Club *Evita* nahe dem Görlitzer Bahnhof heute *Café Sonderbar* heißt und offensichtlich das Geschäftsfeld gewechselt hat.

Auf dem Weg ins Badezimmer stolpere ich selbst über die Tasche mit meinen Klamotten.

Ich kann mich gerade noch am Türrahmen festhalten.

Überraschung!

Ich ärgere mich, weil ich die Tasche gestern einfach habe herumstehen lassen. Und weil mir vorhin auf die Schnelle nichts anderes eingefallen ist.

Jetzt muss ich mir für Alex heute Abend auch noch etwas einfallen lassen.

Angeekelt blicke ich auf die Tasche und beschließe, auf dem Weg in den Club neue Unterwäsche zu kaufen.

I n *diesen* Dessous werde ich Alex ganz sicher nicht gegenübertreten.

Mein Handy vibriert.

Schwing deinen Arsch ins Velvet.

Beim Verlassen der Wohnung packt mich plötzlich das schlechte Gewissen.

Lu!

Wir wollten doch gemeinsam zur Uni fahren.

Sie braucht meinen Beistand.

Denn einer unserer Professoren, ein alter, säftelnder Sack, scheint an ihr einen Narren gefressen zu haben. Ständig giert er ihr nach.

Manchmal erinnert er mich an meine Freier.

Ich schüttele mich vor Ekel.

Aber Lu sollte darauf vorbereitet sein, dass ich nicht komme.

Während ich zum Görlitzer Bahnhof fahre, tippe ich eine WhatsApp. *Sorry, Lu, aber ich mach vor der Uni noch einen Abstecher. Melde mich dann später oder komme einfach direkt zu dir.*

Gut eine Stunde später erreiche ich genervt mein Ziel.

Ständig diese S-Bahn-Verspätungen wegen irgendwelcher Polizeieinsätze.

Beim Entsperren des Bildschirms bemerke ich, dass Lu meine Nachricht noch nicht gelesen hat.

Ich schließe den Chat und öffne Google Maps.

Café Sonderbar tippe ich mit eiskalten Fingern.

Kurz darauf stehe ich vor dem ehemaligen Puff, dessen Vergangenheit keinerlei Spuren hinterlassen hat.

Meine Hoffnung auf Informationen, die mich hier voranbringen, schwindet in Hinblick auf das hippe Café.

Drinnen ist es dunkel.

Eine Frau scheint gerade durchzuwischen und wuselt, die Hüfte schwingend, um die Tische herum.

Dem Schild an der Tür entnehme ich, dass es erst in gut einer Stunde öffnet.

Trotzdem klopfe ich vorsichtig an der verglasten Tür.

Die Frau beachtet mich nicht.

Dann bemerke ich die pinken Stöpsel in ihren Ohren.

Ich klopfe erneut – stärker.

»Wir haben noch geschlossen«, ertönt eine tiefe Stimme hinter mir.

Erschrocken drehe ich mich um.

Ich blicke in die grünen Augen eines älteren Herren, der eine Kiste randvoll mit Gemüse in beiden Händen hält.

»Ja«, beeile ich mich zu sagen, »ich weiß, aber –«

»Vorher machen wir auch nicht auf«, unterbricht er mich.

»Ja, ich …«, ich suche nach den richtigen Worten, »ich bin wegen –«

»Wegen der offenen Stelle hier?« Der Mann zuckt mit den Schultern. »Tut mir leid, die ist schon vergeben.«

»Ich bin wegen dem Puff hier«, platzt es aus mir heraus.

»Welcher Puff?«

»Der hier mal war.«

Der Mann runzelt die Stirn.

»Ich …«, ich stocke, »ich hab' da ein paar Fragen.«

»Wieso?«

Wieder ringe ich um Worte. »Es ist wichtig«, flehe ich. Mein Blick geht durch die verglaste Tür in das Innere des Cafés, wo die junge Frau noch immer ihren Wischmopp schwingt.

Für einen Moment habe ich das Gefühl, ich müsste losschreien.

Der Mann scheint mir meine Verzweiflung anzumerken. »Also gut, warte … kannst du mir vorher helfen, aufzuschließen?« Mit dem Kopf deutet er auf seine Hand. »Die Kisten werden mir langsam zu schwer.«

Erst jetzt sehe ich den Schlüssel, der an seinem Finger baumelt.

Beim Griff nach dem Schlüssel fällt mir sein tätowierter Handrücken ins Auge.

Als ich die Tür öffne, schreckt die Mitarbeiterin hoch und hält mir drohend den Wischmopp entgegen.

»Beruhige dich, Pia!«, beschwichtigt der Mann. »Sie sollte aufschließen. Alles gut.«

Dann geht er an mir vorbei, stellt die Kiste auf den erstbesten Tisch und zwinkert mir zu. »Pia wurde hier mal überfallen. Seitdem gleicht das Café Fort Knox, wenn sie allein ist.«

»Vielleicht sollte sie die Kopfhörer weglassen, um etwas mitzubekommen«, schlage ich vor.

»Keine Chance«, mischt sich Pia ein, »dann höre ich jedes Knacken und bekomme sofort wieder Panik. Es geht nur mit Ablenkung.« Sie zieht sich den Gummihandschuh von der rechten Hand und reicht sie mir. »Hi, ich bin Pia.«

»Das hab ich mitbekommen.«

»Ach ja, stimmt.« Pia lächelt. »Entschuldige den ungewöhnlichen Empfang.«

»Ich bin Toni.«

»Schön, Toni.« Der ältere Mann tritt einen Schritt auf mich zu. »Ich bin Fred. Und jetzt erzähl, was ist mit dem Puff, von dem du gesprochen hast?«

»Was für ein Puff?«, fragt Pia verwundert.

»Ich …«, beginne ich, bevor meine Stimme erlahmt. Verzweifelt überlege ich, wie ich es erklären soll.

Mir fehlen die Worte.

Mit einem Blick auf die Uhr wendet sich Fred ab und ist im Begriff, die Kiste anzuheben.

»Hier war doch mal ein Puff«, frage ich und noch in derselben Sekunde verfluche ich mich selbst.

Fred schnaubt, während er sich mir wieder zuwendet. »Ja, korrekt. Das hier war mal ein Puff. Aber das ist lange her. Was interessiert dich das?«

»Der Club hieß Evita, richtig?«

»Auch das, aber wieso –«

»Meine Mutter soll hier gearbeitet haben«, platzt es aus mir heraus.

Fred starrt mich an. »Deine Mutter war eine Prostituierte?«

»Soweit ich weiß, ja.«

»Warum fragst du sie nicht einfach?«

»Sie ist tot.«

»Oh, das tut mir leid.«

»Sie ist hier gestorben. Hier in dem Puff.«

Fred überlegt kurz. Dann scheint ihm ein Licht aufzugehen. »Dann ist deine Mutter die, die sich hier das Leben genommen hat?«

Für einen Augenblick entfacht seine Frage in mir eine Hoffnung. »Du kanntest sie?«

»Nein, aber ich erinnere mich, dass der Club danach geschlossen wurde. So viel habe ich damals mitbekommen. Aber mehr kann ich dir auch nicht mehr sagen.« Fred dreht sich um und verschwindet mit seiner Gemüsekiste in Richtung Küche.

Die Hoffnung auf Antworten erstickt innerhalb weniger Sekunden.

Mein Handy vibriert.

Mit gemischten Gefühlen eile ich aus dem Café.

Erst draußen nehme ich den Anruf entgegen. »Viktor?«

»Wer sonst?«, knurrt mich seine Stimme an.

»Was ist?«, frage ich übertrieben sanft.

»Was sollte das gestern Abend?«

»Ich war doch im Velvet.«

»Viel zu spät!«

»Aber –«

»Wie viele Freier hattest du?«

In dem Wissen, dass ihm die Antwort nicht gefallen wird, stammle ich: »Es … es waren drei.«

»Willst du mich eigentlich verarschen?«, brüllt er.

»Es tut mir leid, ich … ich habe –«

»Spar dir die Ausreden, Fotze. Heute machst du 'ne Doppelschicht.«

»Aber ich –«

»Und wehe nicht!«

»Viktor, ich … ich kann …«, meine Stimme bricht weg, weil Angst mir die Kehle zuschnürt.

»Wehe nicht!«, wiederholt Viktor. »Hast du verstanden?«

Ich schweige.

»Ich will mein Geld, ansonsten …«

Ich ahne, was kommt.

»… ist dein Alex sicher morgen zu Hause, wenn er heute Spätschicht hat.«

Ein eiskalter Schauer überläuft mich.

Ich sacke auf eine Bank vor dem Café.

Tränen strömen unaufhaltsam über meine Wangen, und

ich spüre, wie die Welt um mich herum zu verschwimmen beginnt.

Alles dreht sich.

Irgendwann taucht Pia mit einem Glas Wasser auf und nimmt neben mir Platz. »Trink!«

»Danke!«, presse ich hervor.

Mitleidig schaut mir Pia in die Augen. »Alles Gute für dich.« Dann dreht sie sich um und geht.

DREIUNDZWANZIG

»Wo müssen wir hin?«, fragte Benedikt.

»Moment …« Rita reichte ihm einen Notizzettel. »Es ist nicht weit von dir … Goethestraße 7.«

»Was?«

»Goethestraße 7.«

»Goethestraße 7«, wiederholte Benedikt.

Besorgt schaute Rita ihn an. »Was ist mit dir?«

»Ach …«, presste er hervor, »nichts, ich …« Sein Herz schlug schneller. »Ich glaub, wir müssen dann mal los.«

Aber er rührte sich nicht vom Fleck.

Goethestraße 7.

Die Adresse brannte sich in seine Gedanken, seine Muskeln wurden steif wie Stein.

»Benedikt?« Stark griff nach seinem Arm.

Er schüttelte sich, seine Augen fanden den Fokus auf Ritas besorgtes Gesicht. »Äh … ja, Rita.« Benedikt griff nach dem Zettel, seine Hand begann, leicht zu zittern.

Beim Anblick der Adresse fröstelte er.

Die Hoffnung, dass Rita sich in der Nummer geirrt hatte, zerschlug sich angesichts ihrer klaren Handschrift.

»Goethestraße 7«, wiederholte er, seine Stimme kaum mehr als ein Flüstern.

»Benedikt, was ist mit dir?«, fragte Stark.

Er atmete durch.

Beruhig dich!

Vielleicht malte er nur den Teufel an die Wand.

Schließlich standen in der Goethestraße keine Ein-, sondern Mehrfamilienhäuser.

Dies wusste er nur zu gut, weil er Mila dort des Öfteren schon –

»Soll ich ein Stück Kuchen holen?«, riss Rita ihn aus seinen Gedanken.

»Was?«

»Kuchen. Der wird dir helfen.«

»Nein«, stieß Benedikt hervor, »nein.« Er verspürte alles, nur keinen Appetit. Er drehte sich zu Stark um. Plötzlich hatte er es eilig, »Los, Jamina, lass uns fahren.«

»Ja«, sagte Dr. Salm, »Sie beide fahren zum Tatort.«

Tatort – das Wort ließ Benedikt erneut schaudern.

»… und Sie«, Dr. Salm deutete auf Buschmann und Pospiech, »kümmern sich um die offenen Fragen in Sachen Vogt. Sehen Sie zu, dass sie seine Besucherliste aus dem Gefängnis erhalten. Und finden Sie heraus, warum dieser Anwalt nach so vielen Jahren wieder bei Vogt auftauchte.«

Benedikt stürmte bereits vorbei an Rita Barnitzke in den langen Flur in Richtung Treppenhaus.

Stark eilte ihm nach.

Erst im Passat fragte sie: »Benedikt, ist alles in Ordnung mit dir?«

»Na klar.«

»Du scheinst –«

»Gottverdammt, ich habe einfach nur schlecht geschlafen. Sagte ich doch bereits und jetzt fahr. Zwei Opfer in weniger als vierundzwanzig Stunden … da … da kann man doch … ach egal. Fahr!«

Schweigend lenkte Stark den Passat durch den Berufsverkehr.

In der Leipziger Straße geriet der Verkehr ins Stocken.

Nervös tippte Benedikt mit den Fingern auf seinem linken Oberschenkel.

Das Handy in seiner rechten Hand fühlte sich kalt und schwer an, kein Lebenszeichen von Mila.

It's a match.

Er hielt die Sorge kaum noch aus. Also griff er nach seinem To-go-Becher und wollte einen Schluck Ingwertee trinken.

»Herrgott!«, fluchte er. »Gottverdammter Mist!«

»Was denn jetzt?«

»Leer.«

Er stellte den Becher zurück in die Halterung.

Sie fuhren weiter, am Reichpietschufer entlang der Spree.

Vorbei am Lützower Platz, nach rechts in die Kurfürstenstraße.

Plötzlich schienen alle Ampeln auf ihrer Seite. Wie eine grüne Welle schob sich der Passat durch den Verkehr.

Mit jedem weiteren Stück, dem sie der Goethestraße näherkamen, wurde Benedikts Magen flauer.

Budapester Straße. Bahnhof Zoo. Hardenbergstraße.

Nach links Steinplatz.

Als sie die Goethestraße erreichten, sahen Benedikt und Stark die Einsatzfahrzeuge auf der rechten Seite stehen.

It's a match.

Eben dort, wo Benedikt sich in den vergangenen Wochen häufig nach einer gemeinsamen Hunderunde von Mila verabschiedet hatte, weil er nicht mit zu ihr hatte hochkommen wollen.

Warum eigentlich nicht?

Warum auch immer, es spielte jetzt keine Rolle mehr.

Ein schreckliches Gefühl machte sich in seinem Körper breit, als er Kriminaltechniker den Eingang der Nummer sieben betreten sah.

Vielleicht ja eine Nachbarwohnung, versuchte er, sich zu beruhigen.

Doch die letzte Hoffnung schwand, als der uniformierte Kollege an der äußeren Absperrung sagte: »Erste Etage rechts, eine gewisse Ludmilla Heinzberg.«

Benedikts Knie wurden weich.

Dennoch versuchte er, die Fassung zu bewahren, während er sich am Transporter der Spurensicherung in einen Schutzanzug quälte.

Stark folgte seinem Beispiel.

»Ein wenig blass um die Nase«, konstatierte Dr. Bodde, die ihnen im Treppenhaus entgegenkam.

Benedikt ignorierte ihre Bemerkung.

»Schlecht geschlafen«, kommentierte Stark.

Dann hatten sie die Wohnung erreicht.

Stimmen drangen von drinnen.

»Meine Herren«, Dr. Wittpfuhl sprach am lautesten, »es besteht kaum noch ein Zweifel.«

Benedikt wurde schwindelig. Er hielt sich am Treppengeländer fest.

Unterdessen betrat Stark die Wohnung.

Als Benedikt ihr langsam folgte und die enge Diele betrat, drang augenblicklich der süßliche Duft von Milas Lieblingsparfum in seine Nase.

Erinnerungen strömten ungebremst auf ihn ein.

Ihr Lachen, ihr Blick, ihre Stimme.

Ihr Duft.

Erst vor wenigen Tagen hatte sie den Flakon bei ihm im Badezimmer versehentlich stehen lassen.

Ist eh fast leer, hatte sie erklärt.

Er hatte vorgehabt, ihr einen neuen Flakon zu schenken, doch das Leben war ihm dazwischengekommen.

Oder wohl eher die Arbeit.

Mal schauen, ob sie *sich mit meiner Arbeit arrangieren kann.*

Er hatte es vergessen.

»Kommst du?«, fragte Stark.

»Ja.«

An der Garderobe erblickte er die vertraute Hundeleine von Terrie. Schauer liefen ihm über den Rücken, als er sich fragte, wo der kleine Kläffer wohl war.

Als der Kriminaltechniker, der das Wohnzimmer fotografisch sicherte, beiseitetrat und den Blick ins Innere freigab, traf Benedikt der Schlag.

Mila lag reglos vor ihm – nackt, ihr Körper übersät mit Hämatomen und Schnittverletzungen.

Übelkeit stieg in ihm auf. Er wandte sich ab, seine Hand suchte Halt an der Kommode.

»Herr von Oswald«, sagte Dr. Wittpfuhl, der neben Mila kniete. »Schwer zu ertragen, auch für mich.«

Benedikt kämpfte darum, die Fassung zu bewahren.

Und kein falsches Wort zu verlieren.

Keiner durfte erfahren, dass er das Opfer kannte, andernfalls würde ihm der Fall sofort wegen Befangenheit entzogen werden.

Das konnte er nicht zulassen.

Das Monster von Berlin musste gefasst werden, und zwar besser heute als morgen.

»Wissen wir schon, wer das Opfer ist?«, fragte Stark.

»Ludmilla Heinzberg«, erwiderte Dr. Bodde, die soeben in die Wohnung zurückkehrte. »Geboren am 5. Januar 2001 in Berlin. Ihren Ausweis fanden wir in der Handtasche im Flur.«

»Wohnte sie allein?«

Sie hatte einen Hund, hätte Benedikt fast gesagt.

Er konnte sich gerade noch bremsen und fragte sich insgeheim erneut, wo Terrie abgeblieben war.

»Sie muss einen Hund gehabt haben«, erklärte stattdessen Dr. Bodde. »Im Flur hängt eine Leine. Und dort steht ein Hundekörbchen.« Sie deutete auf die Ecke im Wohnzimmer. »Zwei Näpfe in der Küche und Futter auf der Arbeitsplatte.«

»Wo ist der Hund?«, wollte Benedikt wissen, darum bemüht, professionell zu klingen.

»Das weiß ich nicht«, quittierte Dr. Bodde die Frage, ohne aufzublicken.

Unterdessen sah sich Benedikt widerstrebend in dem Zimmer um.

Rund um die Leiche waren Blutspritzer, auch auf dem Sofa.

An der Wohnzimmertür prangte ein zierlicher Handabdruck aus Blut.

Es schien, als hätte Mila versucht, zu fliehen.

Benedikt scannte den Raum nach Hinweisen auf Vogt ab, wusste aber gleichzeitig nicht, wonach er suchen sollte.

Vielleicht lieber nach etwas, das auf ihn und seine Beziehung zu Mila hinwies.

Ein verräterisches Selfie zum Beispiel, das Mila ausgedruckt und in einen Bilderrahmen gesteckt hatte.

Aber nichts dergleichen.

Überhaupt wirkte die Einrichtung sehr spärlich, fast, als wäre sie erst kürzlich eingezogen.

Ein Kriminaltechniker sicherte Fingerabdruckspuren an der Türklinke.

»Haben Sie das Handy der Toten gefunden?«, fragte Benedikt.

»Nein, aber woher wollen Sie wissen, dass sie eines hatte?«

»Na ja ... ich ...«, stammelte Benedikt, »ich weiß es nicht. Wer hat denn heute keines mehr?«

»Meine Oma!«

»Meine Oma hat eines«, warf Stark ein.

»Ist ja schon gut«, murrte der Kriminaltechniker. »Wir halten die Augen offen.«

Was Benedikt erneut unter Druck setzte.

In dem Wissen, Milas Telefon finden zu müssen, bevor es seine Kollegen taten, drehte er sich um und sah auf dem Wohnzimmertisch nach.

Doch darauf lag neben einem Teller mit welkem Salat und der Wirtschaftswoche lediglich ein einzelnes Buch mit der Rückseite nach oben.

Benedikt nahm es in die Hand.

Economics von Paul A. Samuelson und William D. Nordhaus.

Dann schaute er auf die Rückseite.

»Sie studierte offensichtlich Wirtschaft«, sagte Stark, die einen Blick über seine Schulter warf.

Benedikt verlor sich im Klappentext, der eine umfassende Einführung in die Wirtschaftswissenschaften versprach, obendrein ein Verständnis für wirtschaftliche Prinzipien und Mechanismen.

Die nüchternen Worte des Buches lenkten ihn kurzzeitig von der grausamen Realität ab, dass es Mila war, die brutal gefoltert, gefesselt und ermordet neben ihm auf dem Boden lag.

»Nein«, sagte Stark.

Stirnrunzelnd sah Benedikt sie an.

»Nein, das ist gar nicht ihr Buch.« Sie nahm es Benedikt aus der Hand und tippte auf den Versandaufkleber.

Antonia Gerber, Helmholtzstraße 26, 10587 Berlin

In dieser Sekunde drangen lautstarke Rufe durch den Hausflur in die Wohnung, voller Verzweiflung. *»Lu?«*

»Beruhigen Sie sich doch«, sagte jemand, »Sie können nicht —«

»Lu!«

Die Rufe wurden immer energischer, die Beschwichtigungsversuche der Schutzpolizeibeamten klangen hilflos.

»LU!«

VIERUNDZWANZIG

»LU!«, schreie ich und versuche, an dem uniformierten Polizisten vorbeizukommen. *»LU!«*

Lu antwortet nicht.

Und der Polizist lässt mich nicht zu ihr.

Überall sind Polizisten.

Viel zu viele Polizisten, auch in ihrer Wohnung, das kann ich hinter den vorhanglosen Fenstern erkennen.

Sie alle tragen Schutzanzüge wie in einem dieser Kriminalfilme.

Nur dass das hier die Realität ist.

Was zur Hölle ist passiert?

»LU!«, brülle ich erneut.

Aus dem Haus kommt eine Gestalt, die sich ihren Schutzanzug abstreift.

Eine junge Frau, die sich wieder in ihre Lederjacke hüllt und auf mich zueilt. »Hallo.«

Der Uniformierte hebt das Absperrband kurz an.

»Ich bin Kriminaloberkommissarin Stark«, stellt sich die Frau mir vor.

»Kriminalpolizei?«, frage ich.

»Und wer sind Sie?«

»Ich … ich bin … Toni. Antonia.«

»Antonia Gerber?«

Verwirrt sehe ich die Kommissarin an. »Woher … woher kennen Sie meinen Namen?«

»Wir haben ein Buch in der Wohnung Ihrer Freundin gefunden. Ludmilla Heinzberg, oder? Ihre Freundin?«

Ich kriege nur ein Kopfnicken zustande. Dann schüttele ich den Kopf. »Meine Kommilitonin.« Noch während ich es sage, beiße ich mir auf die Zunge. Als ob das einen Unterschied macht. »Was …«, ich schlucke, »was ist mit Lu?«

Die Kommissarin zögert.

Aber das und ihr beklommener Blick genügen.

Meine Knie geben nach, und ich halte mir die Hand vor den Mund, um einen Aufschrei zu unterdrücken.

Mit einem beherzten Griff unter meinen rechten Arm verhindert die Kommissarin, dass ich zusammensacke.

Langsam führt sie mich zur nächstbesten Parkbank.

»Was … was ist mit Lu?«, winsele ich und bin mir gleichzeitig unsicher, ob ich die Antwort wirklich verkrafte.

»Es tut mir leid«, sagt die Kommissarin, »aber Ihre Freundin wurde tot aufgefunden.«

Die Worte treffen mich wie ein Schlag in die Magengrube, lassen die Welt um mich herum verschwimmen. Gleichzeitig überrollen mich Schuldgefühle.

Hätten wir doch nur unsere Pläne eingehalten, hätte ich sie doch besucht, zur Uni begleitet, sie angerufen.

Hätte.

Jetzt ist es zu spät.

Mein Handy vibriert.

Erschrocken zucke ich zusammen.

Schwing deinen Arsch ins Velvet.

FÜNFUNDZWANZIG

Benedikts Handy klingelte.

Take Five.

Die schwungvolle Melodie brach in die bedrückende Stille des Tatorts.

Hastig verließ er die Wohnung, riss den Reißverschluss seines Schutzanzugs auf, zog das Telefon aus seiner Tasche.

Der Anrufer war Kalkbrenner.

»Na, Paul«, meldete sich Benedikt überschwänglicher als beabsichtigt, »gibt's was Neues?«

»Das wollte ich eigentlich dich fragen, Benedikt.« Kalkbrenner zögerte. »Haben wir es tatsächlich erneut mit einem Opfer Vogts zu tun?«

Die Frage holte Benedikt auf den Boden der Tatsachen zurück.

Herrgott, mit großer Wahrscheinlichkeit hatte das Monster von Berlin tatsächlich ein weiteres Mal zugeschlagen.

Sein neues Opfer war Mila geworden.

It's a match.

»Ja, presste Benedikt hervor, und es kostete ihn große Mühe, sich seine Verzweiflung und den Schmerz nicht anmerken zu lassen, »ja, es sieht ganz danach aus.«

»Verdammt!«

»Aber was ist bei dir?«, wechselte Benedikt das Thema, viel zu schnell, »hast du inzwischen Neuigkeiten?«

»Jein. Die Durchsicht der damaligen Akten hat keine neuen Erkenntnisse gebracht.«

»Keinen Hinweis darauf, wo oder bei wem Vogt untergetaucht sein könnte?«

»Kaum. Familie hat er nicht, keine Geschwister, seine Eltern leben schon seit einer ganzen Weile nicht mehr.«

»Ehemalige Freunde?«

»Werden von den Kollegen längst befragt.«

»Herrgott!«

»Allerdings gab es eine Freundin, Sabine Wolf, die im Prozess für ihn ausgesagt hat.«

»Wo lebt sie?«

»Sie ist letztes Jahr verstorben. Allerdings hatte Vogt sie ohnehin schon lange nicht mehr besucht. Der letzte Kontakt war …«, Papier raschelte am anderen Ende, »am 14. März 2016.«

»Und das war's also?«

»Nein, Wolf hatte eine Tochter, Anna. Sie war damals fünf Jahre. Ich erinnere mich noch an die Schlammschlacht vor Gericht, ob sie aussagen müsse oder nicht. Denn Wolf gab Vogt ein Alibi und zog damit auch ihre Tochter in die Sache mit hinein.«

»Und wo lebt die Tochter heute?«

»Sie hat sich nach dem Tod ihrer Mutter im vergangenen Jahr von Berlin verabschiedet und ist im Juni 2023 nach München gezogen.«

»Okay, dort wird er offenkundig also nicht Unterschlupf gefunden haben.«

»Bisher nicht«, erwiderte Kalkbrenner, »auszuschließen ist es aber trotzdem nicht, dass ihre Mutter ihr etwas von Vogt erzählt hat. Oder sogar, dass er nach den jüngsten zwei Morden womöglich doch noch zu ihr reist. Wir haben die Kollegen in München verständigt, sie sollen mit der Tochter reden, außerdem ihr Haus im Auge behalten.»

»Sehr gut, danke, aber …« Benedikt stockte. Tausend Gedanken, die ihm nach wie vor durch den Kopf wirbelten, die Trauer – und ständig die Verzweiflung. »Was mir nicht einleuchten will: Warum ist Vogt geflohen?«

»Weil er todkrank ist. Er hat nichts mehr zu verlieren.«

»Und deshalb …« Wieder hielt Benedikt inne. *Und deshalb bringt er Mila um?* Aber diese Frage, die ihm verzweifelt auf der Seele brannte, sprach er nicht aus. »Und deshalb zieht er gleich wieder eine mörderische Spur hinter sich?«

»Einmal Mörder, immer Mörder.«

»Mag sein, aber …« Benedikts Stimme erlahmte.

Einmal Mörder, immer Mörder.

Das erklärte nicht, warum Mila dem Monster von Berlin zum Opfer hatte fallen müssen.

Gottverdammt, wieso ausgerechnet Mila?

»Herr von Oswald«, rief Dr. Wittpfuhl aus der Wohnung.

Benedikt wollte auflegen.

»Benedikt!«, hielt Kalkbrenner ihn zurück, »wer kümmert sich um Rooks?«

»Damit ist Leon beauftragt. Schätze, Uschi behält das im Auge.«

»Vielleicht ist Rooks der Schlüssel.«

»Vielleicht.« Benedikt trennte die Verbindung, steckte das Telefon wieder ein, schloss seinen Anzug, kehrte in die Wohnung zurück.

»Herr von Oswald, schauen Sie sich das an!« Dr. Wittpfuhl hatte Milas toten Körper umgedreht. »Fällt Ihnen etwas auf?«

Ein erneuter Schwall Übelkeit überkam Benedikt beim Anblick seiner toten Freundin.

Die Trauer vernebelte seinen Blick. »Was meinen Sie?«

»Im Vergleich zum ersten Opfer wurde diesem zweiten offensichtlich mehr Gewalt zugefügt. Ihr Körper weist weitaus mehr Schnittverletzungen auf und außerdem solche, die bislang …« Dr. Wittpfuhl schien in seiner Erinnerung zu kramen, »die auch bei seinen Opfern vor fünfundzwanzig Jahren nicht vorkamen.« Er drehte Mila zurück auf den Rücken. »Schauen Sie hier.« Rasch wischte er eine blutverschmierte Haarsträhne aus Milas Gesicht. »Ihr linkes Ohrläppchen!«

Benedikt wurde schwindlig. »Abgeschnitten?« Übelkeit und Hass stiegen in ihm auf.

Er konnte kaum fassen, wie viel Leid Mila hatte ertragen müssen.

»Ja«, bestätigte Dr. Wittpfuhl. »Aus irgendeinem Grund ist Vogt diesmal noch brutaler als bisher vorgegangen. Er muss sein Opfer außerdem geknebelt haben. In ihrem Rachen haben die Kollegen Faserspuren sichern können, die —«

Ein plötzliches Winseln ließ den Gerichtsmediziner innehalten.

»Haben Sie das gehört?«, fragte Benedikt.

»Natürlich, was war das?«

Wieder erklang das winselnde Geräusch, eindeutig aus dem benachbarten Schlafzimmer. Auch einer der Kriminaltechniker schien es gehört zu haben. Er lief los.

Benedikt eilte ihm nach.

Im Schlafzimmer stieg ihm sofort der intensive Duft von Milas Parfum in die Nase, noch eindringlicher als im Flur.

Seine Kehle schnürte sich zu.

»Wo kommt das her?«, fragte der Kriminaltechniker, als es erneut leise jaulte.

Benedikts Herz schlug schneller.

Wie in Trance folgte er dem Geräusch, öffnete vorsichtig die unterste Schublade der Kommode. Zwei kleine braune Hundeaugen starrten ihn ängstlich an.

»Himmel, der Arme«, ächzte der Kriminaltechniker.

Terrie lag reglos in der Schublade, den Kopf auf die Vorderpfoten gebettet, unfähig, ihn zu heben. Sein Fell war über und über mit Blut besudelt. Seiner Kehle entwich ein klägliches Jaulen.

Als Benedikt den kleinen Mischling behutsam aus der Schublade hob, bemerkte er dort Milas Handy.

Hinter ihm trat der Kriminaltechniker näher. »Warten Sie, ich helfe —«

»Das schaff ich schon«, zischte Benedikt.

»Mag sein, aber ich muss das Blut an seinem Fell sichern.«

»Der Hund muss zum Tierarzt.«

»Erst, wenn ich das Blut gesichert habe.«

»Herrgott!«

»Es könnte vom Mörder sein.«

Benedikt setzte zu einer Erwiderung an, ließ es dann aber bleiben. Er reichte dem Kriminaltechniker Terrie. »Aber danach …«

»… wird er sofort zur Tierrettung geschafft, natürlich, was glauben Sie denn?«

Benedikt wartete, bis der Kriminaltechniker sich mit Terrie abgewendet hatte, dann schnappte er nach Milas Handy, riss den Reißverschluss seines Schutzanzugs hastig ein Stück auf und stopfte sich das Telefon in seine Jackentasche.

Dann eilte er zur Wohnungstür hinaus.

Draußen bemerkte er Stark, die mit einer aufgelösten jungen Frau auf einer Parkbank hockte.

Seine Kollegin winkte ihm.

Unwillkürlich ging seine Hand zu Milas Telefon.

Er atmete durch.

Notgedrungen eilte er Stark entgegen.

SECHSUNDZWANZIG

»Frau Gerber«, die Kommissarin winkt einem ihrer Kollegen, dann gibt sie mir meinen Personalausweis zurück, »wie lange kennen Sie Frau Heinzberg schon?«

Noch immer habe ich Mühe, das Geschehene zu begreifen. *Lu ist tot.*

»Wir …«, stammle ich, »wir haben uns vor ungefähr zwei Jahren kennengelernt, als wir anfingen, an der Technischen Universität zu studieren und …« Meine Stimme erlahmt, als ich merke, dass die Kommissarin mir nicht mehr zuhört.

»Benedikt«, sagt sie zu ihrem Kollegen, der sich inzwischen seinen Schutzanzug ausgezogen hat und auf uns zukommt. Sein Gesicht ist blass, sein Gang seltsam fahrig.

»Was hast du denn gemacht?«, fragt die Kommissarin.

Er runzelt die Stirn. »Was denn?«

Sie deutet auf seine Lederjacke.

»Herrgott«, flucht er, als er dort den Blutfleck entdeckt, »so ein Mist.«

»Hast du dich verletzt?«, hakt die Kommissarin nach.

»Nein, nein«, ächzt ihr Kollege, »nein, ich …« Er schnappt nach Luft. »Ich hab' den Hund von Mi…« Er räuspert sich. »Vom Opfer gefunden.

»Terrie?«, meine Stimme zittert.

Der Kommissar nickt. »Er lag schwer verletzt in einer Schublade.«

»Und wie kommt das Blut an deine Jacke?«, will seine Kollegin wissen.

»Nun, also, ich …«, der Kommissar schnaubt, »ich hab’ wohl nicht aufgepasst, als ich ihn aus der Schublade gehoben habe.«

»Du hattest deinen Schutzanzug an!«

»Jaja, nur …« Der Kommissar zuckt mit den Schultern. »Wie gesagt, ich hab’ nicht aufgepasst.« Er zieht ein Taschentuch aus seiner Jacke und reibt heftig über den Blutfleck. »So ein Mist.«

Seine Kollegin wirft ihm einen missfallenden Blick zu.

Er dagegen merkt, dass sein Reinigungsversuch alles nur schlimmer macht. Verdrossen entsorgt er das Taschentuch in einem Mülleimer neben der Bank. »Nun, ich … ich bin Kriminalhauptkommissar von Oswald«, stellt er sich mir vor. »Und Sie?«

Ich schaue zu ihm auf und ein jähes Gefühl der Vertrautheit überkommt mich, aber –

Nein!

Wahrscheinlich täuscht mich mein Gedächtnis.

Nicht jeder Typ ist gleich ein Freier.

Trotzdem, noch ehe ich darüber nachdenken kann, frage ich: »Kennen wir uns?«

Plötzlich wirkt der Kommissar verunsichert.

Vielleicht doch ein Freier?

»Nein«, erwidert er, »nicht, dass ich wüsste.«

Unterdessen ergreift die Kommissarin wieder das Wort. »Frau Gerber, Sie sagten, Ludmilla Heinzberg sei eine Kommilitonin von Ihnen gewesen.«

Ich löse meinen Blick von dem Kommissar. »Ja, das stimmt.«

»Aber Sie waren auch befreundet, oder?«

»Natürlich, ja, Lu ist …«, ich stocke, »Lu *war* mit eine meiner besten Freundinnen.« Während ich die Worte ausspreche, brennen Tränen in meinen Augen. Ich kämpfe um Fassung, atme tief ein, stelle endlich die Frage, die mir schon die ganze Zeit auf der Seele brennt: »Sie wurde ermordet, oder?«

»Tut mir leid.«

»Was … was hat man mit ihr gemacht?«

»Darüber dürfen wir aus ermittlungstaktischen Gründen nicht reden.«

»Aber sagen Sie«, ergreift der Kommissar das Wort, »hat sich Frau … Frau Heinzberg in letzter Zeit auffällig verhalten?«

»Wie meinen Sie das?«

»Hat sich etwas an ihr verändert?«

Kurz denke ich nach – und jäh überrollt mich eine erneute Welle aus Schuldgefühlen, weil ich überhaupt über diese Frage nachdenken muss.

Weil ich erkenne, wie sehr ich zuletzt in meiner eigenen Welt gefangen war, oft nur halb hinhörend, sobald Lu mir ihr Herz ausschüttete.

Dann fällt mir unser gestriges Treffen wieder ein. »Sie hatte Bedenken, allein zur Uni zu gehen.«

Die beiden Kommissare horchen auf.

»Warum?«, fragt er.

»Wurde sie bedroht?«, fragt sie.

»Nein«, ich schüttle den Kopf, »nicht wirklich.«

»Aber?«

»Es gab einen Professor, der wohl ein Auge auf sie geworfen hat. In seine Vorlesungen ist sie nur noch in meiner Begleitung gegangen. Heute wäre wieder eine gewesen, aber …« Meine Schultern sacken herab, unfähig, den bohrenden Schmerz in meiner Brust zu ignorieren. »Hat *er* Lu umgebracht?«, höre ich mich fragen.

Ich bekomme mit, wie die beiden Kommissare einen Blick wechseln und ein Kopfschütteln andeuten.

»Dennoch, Frau Gerber«, meint die Kommissarin, »wir brauchen den Namen des Professors.«

Ich nenne ihnen den Namen.

»Und darüber hinaus«, hakt die Kommissarin nach, »hat Frau Heinzberg nichts weiter erzählt?«

»Was denn noch?«

»Etwas, worüber sie sich Sorgen machte.«

»Nein, sie hat nichts erwähnt.«

»Oder eine Person, die sie neu kennengelernt hatte.«

»Lu hatte einen neuen Freund«, höre ich mich sagen.

»Einen neuen Freund?«, wiederholt der Kommissar und schluckt schwer. Sein Blick wandert unruhig umher, bevor er mit gedämpfter Stimme fragt: »Was wissen Sie über ihn, Frau Gerber?«

»Nicht viel.«

»Sie hat Ihnen *nicht* von ihm erzählt?«, will die Kommissarin wissen.

»Doch, natürlich«, gebe ich zu, »aber … kennengelernt habe ich ihn noch nicht.«

»Warum nicht?«

»Ich … ich war gestresst die letzten Wochen …«, ich halte inne, als wie zum Beweis mein Handy klingelt.

Schwing deinen Arsch ins Velvet.

Aber davon kann ich den Kommissaren nichts erzählen. »Meine Tante ist letztens gestorben, meine Tante, bei der ich aufgewachsen bin, und … und alles war einfach nur stressig.«

»Verstehe.«

»Lu und ich«, füge ich hinzu, »wir … wir wollten uns schon bald endlich wieder Zeit nehmen, dann … dann wollte sie mir in Ruhe alles erzählen. Aber jetzt …« Mein Herz zieht sich zusammen. »Jetzt ist sie tot.«

Für einen Moment hüllen sich die Kommissare in mitfühlendes Schweigen.

Bis der Kommissar fragt: »Sie hat rein gar nichts über ihren Freund erzählt?«

»Doch«, gebe ich zu, »natürlich, aber …«

»Aber was, Frau Gerber?« Der Kommissar klingt ungeduldig.

»Na ja«, ich versuche, mich zu konzentrieren, »dass sie sich auf Tinder kennengelernt haben.« Ich lache freudlos auf. »Ausgerechnet bei Tinder.«

»Und weiter?«

»Und dass er älter sei als sie.«

»Wie alt?«, wirft die Kommissarin ein.

»Anfang dreißig.«

»Genau wissen Sie es nicht?«

»Ich … ich kann mich gerade nicht erinnern. Aber sie meinte, sie fände ihn trotzdem ziemlich süß, erst gestern, als wir uns kurz trafen, da hat sie's noch einmal gesagt.« Ich halte inne. »Obwohl er manchmal wohl auch ziemlich distanziert gewesen sein muss.«

»Inwiefern?«

»Er hat sie nicht einmal bei ihr zuhause besucht. Immer musste sie bei ihm übernachten. Und häufig war er auch einfach nicht erreichbar. Angeblich, weil er Stress auf Arbeit hätte.«

»Was hat er gemacht?«

»Er war Polizist.«

»Polizist?«, wiederholt die Kommissarin erstaunt.

Auch ihr Kollege guckt erschrocken.

»Wissen Sie wo?«, fragt sie.

»Nein«, ich schüttle den Kopf, »wie gesagt, das alles wollte sie mir später noch in Ruhe erzählen.«

»Aber seinen Namen, den hat sie Ihnen genannt?«

»Ja, Ben.«

»Ben?«, wiederholt der Kommissar.

»Benjamin.« Ich überlege kurz. »Oder so.«

»Oder so?«

»Lu … sie hat ihn nur Ben genannt.«

»Aber seinen Nachnamen wissen Sie nicht?«, fragt die Kommissarin.

»Nein.«

»Wo er wohnt?«

»Auch nicht.«

»Haben Sie ein Foto von ihm? Oder den beiden?«

SIEBENUNDZWANZIG

Mit wachsender Panik sah Benedikt dabei zu, wie Milas Freundin in ihre Tasche griff und ihr Handy hervorzog.

Sein Gesicht glühte, während Gerber durch ihren WhatsApp-Verlauf scrollte.

Bis sich ihre Miene verdüsterte. »Nein«, resigniert schüttelte sie den Kopf.

Benedikt spürte Erleichterung.

»Nein, ich …« Die Freundin brach ab. »Obwohl, doch, warten Sie.«

Schlagartig schlug Benedikts Herz wieder schneller. Seine Hände feucht wurden. »Was denn nun?«, drängelte er.

»Ich dachte, ich hätte das Foto noch.«

»Welches Foto?«

»Lu hat mir öfter mal Fotos geschickt, Screenshots von den Männern, die sie auf Tinder entdeckte.«

»Warum das?«

»Damit ich ihr meine Meinung sage.«

»Und haben Sie sein Foto?«, fragte Stark.

Gerber scrollte hastig durch ihre Fotos, ihre Lippen pressten sich zusammen.

Schließlich hielt sie inne und sah die Kommissare mit traurigen Augen an. »Nein … tut mir leid, das hab' ich wohl schon gelöscht.«

»Und Sie haben den Freund wirklich nie kennengelernt?«, hakte Stark nach.

»Nein, das … das hat sich nie ergeben.«

»Oder zufällig mal mit ihr gesehen?«

»Auch nicht, wie gesagt, ich hatte zuletzt einiges um die Ohren, Lu nur selten gesehen, und er hatte ebenfalls häufig viel gearbeitet …« Ihre Stimme erlahmte, als ihr ein anderer Gedanke zu kommen schien. »Hat *er* Lu getötet?«

»Nein, davon gehen wir nicht aus.«

»Aber –«

»Vielleicht hat er ja etwas mitbekommen, was uns einen Hinweis auf den Mörder Ihrer Freundin gibt. Wenn Ihnen also noch etwas zu ihm einfällt, bitte melden Sie sich unbedingt.« Stark drückte Gerber eine Visitenkarte in die Hand.

Dann winkte sie Benedikt ins Haus. »Wir sollten jetzt mit der Nachbarin des Opfers reden. Zum einen hat sie ihre Leiche gefunden.«

»Und zum anderen?«

»Vielleicht kann *sie* uns etwas über den Freund der Toten sagen.«

»Dann lass mich die Befragung machen.« Benedikt setzte sich in Bewegung.

»Und ich?«

»Ich dachte, du hörst dich bei den anderen Nachbarn um, ob sie etwas mitbekommen haben.«

Stark winkte ab. »Damit habe ich Vernehmungsbeamte längst beauftragt.« Dann eilte sie ihm nach.

Zähneknirschend schritt Benedikt ins Haus, wo ihnen die Nachbarin erst nach dem zweiten Klingeln öffnete.

Die kleine, zierliche Frau stand vor ihnen. Ihre Schultern hingen herab und sie klammerte sich an die Klinke, als ob sie sonst zusammenbrechen würde.

»Frau Ludwig?«, fragte Stark.

»Ja, bitte.«

»Mich haben Sie ja bereits kennengelernt. Das ist mein Kollege, Kriminalhauptkommissar von Oswald. Wir hätten noch ein paar Fragen.«

»Kommen Sie doch herein.« Zögerlich drehte sich Ludwig um. Am Ende des dunklen Flurs stand ein junger Mann, der ihr die Hand reichte. »Das ist Marius, mein Enkel. Ich habe ihn gebeten, zu kommen.«

»Ja«, antwortete der Enkel knapp.

Ludwig stützte sich schwer auf seinen linken Arm, ihre Schritte waren langsam und unsicher, als sie gemeinsam ins Wohnzimmer schlurften.

Dort ließ sie sich auf den Sessel fallen. »Setzen Sie sich doch bitte.«

Sie zeigte auf das Sofa gegenüber. »Marius, holst du mir und den beiden Kommissaren bitte drei Gläser und Wasser?«

»Für mich nicht, danke«, sagte Benedikt. »Frau Ludwig,

wann haben Sie Ihre Nachbarin, Frau Heinzberg, zum letzten Mal gesehen?«

»Das muss vor … vor ein oder zwei Tagen gewesen sein.«

»Wo war das?«

»Ach wissen Sie, junger Mann, ich wollte gerade noch etwas an die frische Luft, zog meinen Mantel an. Da hörte ich im Hausflur Stimmen. Terrie bellte. Ich sah durch meinen Türspion …« Der Enkel stellte ein Glas Wasser vor Frau Ludwig ab, setzte sich an den Esstisch und zückte sein Handy. »Da kam gerade Antonia an.«

»Sie meinen, Frau Gerber?«

»Ja genau, sie hat mal hier gewohnt, zusammen mit Ludmilla. Ist vor ein paar Wochen erst ausgezogen. Eine nette junge Frau, beide sehr hilfsbereit.«

Ludwig hielt plötzlich inne, ihre Hand zitterte unkontrolliert, als sie nach dem Wasserglas griff und es fast umkippte. »So furchtbar … einfach schrecklich. Das hat sie nicht verdient, glauben Sie mir.«

»Haben Sie Ludmilla danach noch einmal gesehen?«

»Nicht … lebendig …« Sie lehnte sich zurück, legte die rechte Hand auf den Brustkorb und atmete schwer.

Ihr Enkel stand auf.

»Geht schon, geht schon«, winkte sie ab, woraufhin er sich wieder auf seinem Stuhl niederließ.

»Ich kann mir vorstellen, dass es schwer für Sie ist«,

ergriff Stark das Wort, »aber können Sie uns noch einmal erzählen, was Sie gestern Abend gesehen haben?«

»Gesehen habe ich erst einmal nichts.«

»Sondern?«, wollte Benedikt wissen.

»Terrie bellte plötzlich unaufhörlich und –«

»Wann?«

»Das muss so gegen halb zehn am Abend gewesen sein. Ich ging zu meiner Tür, schaute durch den Spion. Sah aber nichts. Nur das Bellen von Terrie war zu hören.«

»Machen Sie das immer, wenn er bellt?«

»Aber junger Mann, wissen Sie, Terrie bellt sonst nie so lange. Er ist ein gut erzogener Hund. Das würde ja um diese Uhrzeit sonst niemand aushalten.«

»Wie lange hat er gebellt?«

»Sicher gute zehn Minuten. Irgendwann hab ich's nicht mehr ausgehalten, weil ich ja auch schlafen gehen wollte. Außerdem hab' ich mir Sorgen gemacht. Aber ich war mir nicht sicher, ob ich mal klingeln sollte, denn wissen Sie, junge Mann«, Ludwig hob die Augenbrauen, »Ludmilla, Antonia und ich, wir hatten bei ihrem Einzug einen nicht so leichten Start. Ich wollte nicht riskieren, mich schon wieder unbeliebt zu machen.«

»Inwiefern?«

Ludwig zögerte. »Vielleicht war ich zu Anfang, als die beiden in die Wohnung einzogen, etwas zu … zu besorgt.«

»Besorgt?«, wiederholte Benedikt.

»Nun, wissen Sie, junger Mann«, Ludwig senkte den Blick, »in so einem Haus muss man doch aufeinander aufpassen.« Ihre Stimme wurde leiser. »Die Zeiten sind gefährlich, aber die Jugend … die versteht das nicht.«

»Verstehe«, sagte Benedikt und tat es tatsächlich.

Auch Stark verdrehte unmerklich die Augen, ehe sie fragte: »Also haben sie gestern Abend nicht geklingelt?«

»Ich hatte es vor, aber gerade, als ich bei Ludmilla klingeln gehen wollte, war mit einem Schlag Ruhe. Terrie hat nicht mehr gebellt.«

»Einfach so?«

»Ja, mir war es nur recht. Ich konnte endlich schlafen. Und heute Morgen …« Sie schlug sich die Hände vors Gesicht. »Du liebe Güte, ich hätte doch … vielleicht wäre sie dann noch …« Ludwig brach in einen Weinkrampf aus.

Ihr Enkel setzte sich zu ihr auf die Lehne, tröstete sie, nahm ihre Hand. »Oma, du musst den Kommissaren sagen, was du mir vorhin erzählt hast.«

»Du … du hast recht.« Sie nickte und holte tief Luft. »Ich wollte heute früh zu meinem Hausarzt. Als ich gerade die Klinke in der Hand hielt, hörte ich nebenan die Tür aufgehen und sah durch meinen Spion.«

»Was haben Sie gesehen?«

»Es war nicht Ludmilla, die heraustrat, sondern ein Mann.«

»Wie sah er aus?«

»Er hatte eine schwarze Jacke an. Sein Gesicht … sein Gesicht war verdeckt von einer Kapuze. Fast so, als wollte er nicht, dass man ihn erkennt.«

»Es könnte also auch eine Frau gewesen sein?«, fragte Benedikt.

»Nein, nein«, Ludwig schüttelte den Kopf, »nein, die Statur, seine Haltung, das war ein Mann, ganz sicher.«

»Wie groß schätzen Sie ihn?«

»Vielleicht etwa so groß wie Marius.«

Benedikt musterte den Enkel. »Wie groß sind Sie?«

»1,88.«

»Ist Ihnen noch irgendetwas anderes an dem Mann aufgefallen?«

»Nein, aber … ich weiß auch nicht, es war komisch. Ich hatte sofort ein komisches Gefühl, ich hatte Angst und habe nur darauf gewartet, dass unten die Haustür endlich ins Schloss fällt.«

»Und was haben Sie dann gemacht?«

ACHTUNDZWANZIG

Die Notaufnahme ist brechend voll, als ich die Charité betrete.

Eine aufgetakelte Schwester sitzt an der Rezeption, ihre glitzernden Nägel tippen hektisch auf der Tastatur. »Wie kann ich helfen?«

»Ich möchte gern Herrn Wagner sprechen«, sage ich mit bebender Stimme und füge schnell hinzu: »Es ist dringend.«

»Herr Wagner?«

»Assistenzarzt Alexander Wagner!«

Ihre Augen verengen sich kurz, bevor sie seufzend zum Telefon greift.

Kurz darauf stürmt Alex um die Ecke, die Sorge steht ihm ins Gesicht geschrieben. »Toni, was ist denn los?«

Als ich mich in seine Arme werfe, brechen alle Dämme in mir.

Die Schwester blickt argwöhnisch, als Alex mir bedeutet, in den einzigen Behandlungsraum zu gehen, dessen Schiebetür noch offensteht.

Auch die auf dem Gang wartenden Patienten, an denen wir vorbeimüssen, schauen verständnislos und schütteln teilweise den Kopf.

Einer knurrt: »Is' wohl 'ne Privatpatientin?«

Wir ignorieren ihn.

Die Schwester eilt uns nach. »Aber nur kurz, Alex!«

»Bringst du mir ein Glas Wasser?«, höre ich ihn sagen.
Dann zieht er die Tür hinter sich zu. »Was ist passiert?«

»Lu …«, schluchze ich. »Lu ist tot.« Tränen brechen aus
mir heraus, meine Kehle verengt sich vor lauter Trauer.

Es klopft.

Alex schiebt die Tür ein kleines Stück auf.

Die Schwester reicht ihm ein Glas, welches er direkt an
mich weitergibt.

»Danke«, hauche ich.

»Ihr könnt hier aber nicht lange –«, drängt die Schwester
erneut.

»Ich weiß«, faucht Alex sie an und wendet sich mir zu.
»Schatz, hier ist heute die Hölle los. Ich habe wirklich nicht
viel Zeit. Was ist denn passiert?«

»Keine Ahnung. Ich wollte mit Lu den Unikram von
heute nachholen.«

»Wie? Nachholen? Seid ihr nicht in der Uni gewesen?«

»Nein, also … ich weiß nicht, ob sie vorher … keine
Ahnung«, stammle ich.

»Toni, wo warst du?«, fragt Alex nach.

»Ich war im *Club Evita*. Also, dem ehemaligen. Heute …
heute ist es ein Café.«

»Wie bitte? Waren wir uns nicht einig, dass du die
Vergangenheit ruhen lässt?«

»Nein, du warst dir einig. Aber darum geht es doch gerade gar nicht. Lu, sie ist –«

»Toni«, unterbricht mich Alex, »was soll denn dieser Alleingang schon wieder.«

»Nein, Alex, du verstehst mich nicht, ich wollte zu Lu und sie –«

»*Alex!*« Die Tür zum Behandlungsraum fliegt auf. Die aufgetakelte Schwester fuchtelt mit den Armen. »Raus hier. Es kommt gerade ein Verkehrsunfallopfer rein. Wir brauchen dich und den Raum sowieso.«

»Toni«, sagt Alex, »lass uns später weiterreden.«

»Aber –«

»Nicht jetzt, später.« Schnell schiebt er mich aus dem Raum. »Du siehst doch, was hier los ist.«

Schon nähern sich Rettungssanitäter mit einer Liege, darauf ein wimmernder, blutüberströmter Mann. Sie rollen ihn in den Behandlungsraum.

Alex nickt mir noch einmal zu.

In derselben Sekunde knallt die Schwester die Tür zu.

Benommen stehe ich auf dem Gang und spüre die verständnislosen Blicke der wartenden Patienten.

Fahr nach Hause, versuche, diesen entsetzlichen Tag hinter dir zu lassen.

Aber mir ist klar, dass ich mich alleine zu Hause vor Verzweiflung nur verrückt machen würde.

Lu ist tot.

Und über meine Mutter habe ich bisher auch nichts weiter herausfinden können. Allerdings habe ich keinen blassen Schimmer, wo ich weitersuchen soll.

Eine eingehende WhatsApp-Nachricht reißt mich aus meinen Gedanken.

Hej Schätzchen, hast du dich bei Ivy gemeldet? Kuss Babett

Was mich an ein ganz anderes Problem erinnert.

Schwing deinen Arsch ins Velvet. Heute machst du 'ne Doppelschicht.

Beklommen drehe ich mein Handy in der Hand, dann entferne ich vorsichtig die Schutzhülle.

Ich ziehe die Visitenkarte heraus.

Ich zögere, dann setze ich mich in Bewegung.

Besser als Nichtstun.

NEUNUNDZWANZIG

Es dauerte, bis Benedikt endlich eine Antwort erhielt.

»Junger Mann«, Ludwig runzelte die Stirn, ihre Augen suchten die Decke ab, als ob sie dort Antworten finden könnte. »Ich war hin- und hergerissen«, murmelte sie, und ihre Stimme zitterte leicht. »Ich wollte doch unser gutes Verhältnis nicht wieder aufs Spiel setzen.«

»Aber?«, fragte er.

»Nachdem die Haustür unten ins Schloss fiel, spähte ich durch mein Küchenfenster. Ich sah den Mann, wie er schnell in Richtung Knesebeckstraße verschwand. Mein Herz schlug schneller, als ich zu Ludmillas Tür ging und klopfte.«

»Und dann?«

»Nichts. Deshalb habe ich bei ihr geklingelt.«

»Hat sie aufgemacht?«

»Nein, das ist es ja, das war sehr verdächtig.«

»Finden Sie?«, zweifelte Benedikt.

»Aber ja, schließlich ist sie um diese Uhrzeit immer schon auf den Beinen. Sie studierte, Wirtschaft, wissen Sie.«

»Ja, das ist uns bekannt«, bemerkte Stark. »Aber nur weil ein Mann Frau Heinzbergs Wohnung verließ, sie nicht auf Ihr Klingeln öffnete, haben Sie sich Sorgen um sie gemacht?«

»Selbstverständlich, hätten Sie etwa nicht?«

»Wäre es nicht denkbar gewesen«, überging Stark die Frage, »dass der Mann Frau Heinzbergs Freund war, und sie lag jetzt noch im Bett, schwänzte die Uni und –«

»Aber sie hatte doch gar keinen Freund.«

»Ganz im Gegenteil«, bemerkte Stark.

Ludwig schüttelte den Kopf. »Das hätte ich mitgekriegt!«

»Schon klar«, seufzte Stark. »Sie haben Frau Heinzbergs neuen Freund also nicht kennengelernt?«

»Äh«, machte Ludwig, »nein.«

Angesäuert verzog Stark ihre Miene.

Benedikt ahnte, was seine Kollegin dachte – dass damit einmal mehr die Chance verfiel, dass sie Milas Freund als möglichen Zeugen vernehmen konnten.

Er selbst verspürte nichts weiter als Erleichterung. »Und was, Frau Ludwig«, nahm er den Faden wieder auf, »haben Sie dann gemacht, als Ihre Nachbarin auf Ihr Klingeln nicht reagierte?«

»Junger Mann, mein Bauchgefühl sagte mir, ich solle nachsehen, und auf meinen Bauch ist immer Verlass.«

»Tatsächlich?«, meinte Stark.

»Mein Kopf meinte zwar, ich solle mich lieber raushalten, aber das mulmige Gefühl ließ nicht nach. Also holte ich meinen Zweitschlüssel aus der Schublade.«

»Wie?«, schnaubte Benedikt. »Sie haben einen Schlüssel zur Wohnung von Frau Heinzberg?«

»Aber ja.«

»Obwohl Sie ihr viel zu …«, Benedikt zögerte, »*besorgt* waren?«

»Vielleicht«, Ludwig reckte stolz ihr Kinn, »*weil* ich so besorgt war. Anders als die anderen hier im Haus.«

»Das verstehe ich nicht.«

»Sie müssen wissen, kurz nach Antonias Auszug hatte sich Ludmilla einmal ausgesperrt, und sie hat den Schlüsseldienst von meinem Telefon anrufen können. Es hat den halben Nachmittag gedauert, bis der dann endlich da war, da hat sie bei mir gesessen, ich habe ihr Kaffee gemacht, ein paar Kekse gereicht.«

»Und dann?«

»Dann hat sie mir später ihren Schlüssel gegeben, damit sie nicht noch einmal teuer Geld für einen Schlüsseldienst zahlen muss.«

»Nein«, brummte Benedikt, »was ich meinte: Was haben Sie heute Morgen gemacht, als Sie den Schlüssel zu Frau Heinzbergs Wohnung geholt haben?«

Ludwig hob das Kinn. »Nun gut, junger Mann, ich schloss auf und rief nach ihr. Aber sie … sie antwortete nicht. Ihre Jacke und Tasche hingen an der Garderobe, wie auch Terries Leine. Kurz dachte ich, sie könnte verschlafen haben, aber der Mann …«, sie schüttelte den Kopf, »ich öffnete die Wohnzimmertür und …«, ihre Augen weiteten sich, als ob sie die Szene erneut durchlebte, »… da lag sie

… furchtbar zugerichtet. Ich bin sofort in meine Wohnung und habe die Polizei … und dann Marius angerufen.«

»Danke«, sagte Stark und stand auf.

Ludwig runzelte die Stirn. »Das war schon alles?«

»Sie waren uns eine große Hilfe.« Stark schien Mühe zu haben, ihren Sarkasmus zu unterdrücken.

Benedikt folgte ihr nach draußen. Im Hausflur trafen sie auf die Vernehmungsbeamten. »Was ist mit den anderen Nachbarn?«, hakte Stark nach.

»Offensichtlich sorgt sich in diesem Haus nur eine Mitbewohnerin um das Wohl der anderen«, der Kollege seufzte. »Ein Pärchen in der Wohnung über dem Opfer gab uns den Tipp, die Ludwig zu befragen, sie wisse am besten über alles und jeden Bescheid.«

»Ganz offensichtlich.«

»Ein älterer Herr in der dritten Etage hatte bis dato nicht einmal mitbekommen, dass das Opfer inzwischen allein in der Wohnung lebte.«

»Herr von Oswald, Frau Stark«, vor dem Hauseingang erwartete Dr. Bodde sie, »die Fingerabdrücke aus dem Wohn- und Schlafzimmer lassen sich zweifelsfrei Hermann Otto Vogt zuordnen.«

»Was ja kaum überrascht«, erwiderte Benedikt, »laut Dr. Wittpfuhl waren ja schon die Mordumstände, das Kreuz im Gesicht, klare Indizien.«

»Kommt euch das nicht komisch vor?«, fragte Stark.

Benedikt runzelte die Stirn. »Wieso?«

»Kaum ist Vogt aus dem Knast raus, zieht er schon wieder eine Mordspur hinter sich her.«

»Einmal Mörder, immer Mörder – Kalkbrenners Worte«, erklärte Benedikt.

»Mag sein«, Stark nickte, »aber mir kommt es fast so vor, als sei es ihm außerordentlich wichtig, dass jeder begreift, dass *er* die Morde begangen hat.«

»Du meinst, als eine Art – Botschaft?«

»Fragt sich nur, welche.«

Benedikt dachte darüber nach. Seine Kollegin lag nicht falsch mit ihrem Verdacht.

Wie lautete die Botschaft des Monsters von Berlin?

Allerdings quälte Benedikt noch eine weitere wichtige Frage.

Wieso war ausgerechnet Mila Vogts Opfer geworden?

Sein klingelndes Handy riss ihn aus seinen Gedanken.

Es war Buschmann. »Uschi?«

Stark hob fragend die Augenbraue.

Benedikt aktivierte die Freisprecheinrichtung.

Buschmanns Stimme tönte aus dem Lautsprecher. »Leon und ich wollten der ehemaligen Kanzlei von Vogts Anwalt Rooks einen Besuch abstatten.«

»Ihr *wolltet?*«

»Inzwischen praktiziert ein Rheumatologe in den Räumlichkeiten.«

»Dann fahrt zu diesem Rooks nach Hause!«

»Ja, das haben wir längst gemacht«, war Pospiechs
Stimme aus dem Hintergrund zu hören. »Da lebt nur noch
Rooks Ex-Frau, und die hat keine Ahnung, wo dieser
Mistkerl steckt.«

»Mistkerl?«, wiederholte Stark.

»Sie war nicht gerade gut auf ihn zu sprechen«, fügte
Buschmann hinzu. »Aber ihr Hinweis, wir sollten doch
einfach mal die Berliner Puffs abklappern, hat mich an
etwas erinnert.«

»Das da wäre?«

»Schon damals während des Prozesses hatte ich das
Gefühl, dass Rooks Dreck am Stecken hat.«

»Kein Wunder, er hat einen mehrfachen Frauenmörder
verteidigt!«, ätzte Stark.

»Ja klar«, erwiderte Buschmann, »aber als Viktor Novac,
der Betreiber vom *Sunrise,* damals vor Gericht aussagte,
wurde Rooks sichtlich nervös.«

»Was war noch mal das *Sunrise*?«, fragte Benedikt.

»Das war der Puff, in dem Vogt damals sein letztes
Opfer fand, diese Nadjia, die ihm entkommen konnte.«

»Ach ja, ich erinnere mich.«

»Und als Novac dann während des Prozesses aussagte,
dass er seine Clubs immer im Auge behält und genau weiß,
was hinter verschlossenen Türen passiert, wirkte Rooks mit
einem Mal deutlich angespannter. Normalerweise gab er

sich als arroganter Rechtsverdreher, aber während Novacs Aussage war er kaum wiederzuerkennen.«

»Dann fahren wir zum *Sunrise*«, beschloss Benedikt.

In seine Worte mischte sich das Signal eines weiteren eingehenden Anrufs.

»Das *Sunrise* könnt ihr euch sparen«, meinte Buschmann, »der Puff ist kurz nach den Ereignissen damals geschlossen worden.«

»Und was ist mit Novac?«, hakte Stark nach. »Wo steckt der?«

»Der wurde nach seiner Aussage in den Zeugenschutz gesteckt.«

»Weil er gegen Vogt ausgesagt hat?«

»Nein, er bekam Zeugenschutz, weil er später noch in einem ganz anderen Verfahren als Kronzeuge aussagte, es ging um Menschenhandel, Kinderprostitution.«

»Dann überprüft den aktuellen Stand. Sobald die Gefahr vorüber ist, wird der Zeugenschutz für gewöhnlich aufgehoben.« Benedikt legte auf und blickte aufs Display.

Der andere Anrufer war der Dezernatsleiter.

Plötzlich verspürte Benedikt grenzenlose Erschöpfung.

Widerstrebend nahm er den Anruf entgegen. »Herr Dr. Salm?«

DREISSIG

»Ja?«, eine weibliche Stimme erklingt aus der Gegensprechanlage.

»Hier ist Toni.«

Die Tür geht auf und ich trete in den Hausflur.

Von außen wirkt das Wohnhaus in der Spenerstraße unscheinbar, nichts deutet darauf hin, was sich dahinter verbirgt.

Ein Schutz für die Frauen, denke ich.

Die Tür öffnet sich und eine schlanke Frau in Bluejeans tritt in den Flur. Sie winkt mich herein.

Etwas an ihrer Art, vielleicht das sanfte Lächeln oder die ruhigen Bewegungen, lässt mich sofort sicher fühlen.

»Magst du einen Kaffee?«, fragt sie, während sie in die Küche geht.

»Lieber einen Tee«, sage ich und setze mich an den Glastisch im spärlich eingerichteten Wohnzimmer.

Ich lege die Karte, die mir Babett gegeben hat, auf den Tisch.

»Vom wem hast du sie?«, fragt Ivy, während sie mit zwei Tassen in den Raum kommt.

»Babett.«

Ivy sieht mich fragend an.

»Fräulein Babett«, füge ich hinzu.

Ivy nickt, als würde sie verstehen. Dann setzt sie sich mir gegenüber und schaut mich mitfühlend an.

Ich dagegen weiß nicht so wirklich, was ich sagen soll.

Die Ereignisse der letzten Tage, Gittas Tod, ihr Brief, das Foto, meine Mutter – das alles lastet schwer auf meinen Schultern. Und dann noch … *Lu!*

Noch immer fällt es mir schwer, einen klaren Gedanken zu fassen. *Lu ist tot.*

Eigentlich habe ich keinen blassen Schimmer, was ich hier soll.

»Du willst raus«, stellt Ivy fest.

Ich nicke erleichtert, weil sie mir hilft, mich auf etwas zu konzentrieren. »Ja, Babett hat … sie hat schnell gemerkt, dass ich in etwas reingeraten bin, was ich nicht will und … und was mir schadet. Es ist …«

»… ein Teufelskreis«, vervollständigt Ivy.

Zustimmend nicke ich. »Jeden Tag gerate ich tiefer hinein. Mit jedem Freier versuche ich, mich freizukaufen, aber es gelingt mir nicht, weil –«

Als wolle es meine Verzweiflung unterstreichen, vibriert mein Handy.

Schwing deinen Arsch ins Velvet. Heute machst du 'ne Doppelschicht.

Viktors drohende Worte hallen in meinem Kopf.

Als ich nach dem Telefon greifen will, nimmt Ivy meine Hand. »Jetzt nicht, hörst du.«

»Aber ich muss. Er … er droht mir täglich, dass ich das Geld beschaffen soll, und als wäre das nicht genug …« Ich lasse den Kopf sinken.

Die Last fühlt sich erdrückend an.

Ich bin mir nicht einmal sicher, ob das alles überhaupt einen Unterschied macht. Ich werde meine Schulden abarbeiten müssen und über meine Herkunft weiß ich immer noch nichts. Zögerlich stecke ich das Handy zurück in die Tasche und verspüre den Drang, einfach zu gehen.

»Was bedrückt dich noch?«, fragt Ivy.

Ich schlucke.

»Wenn du möchtest, darfst du es gerne erzählen.«

Ivys liebevolle Art erinnert mich an Lu.

Lu bohrte auch immer nach, selbst wenn ich nicht bereit war, meine Probleme vollständig zu teilen.

»Mein Problem«, höre ich mich sagen, »mein größtes Problem ist, dass ich meine Herkunft nicht kenne.«

Ivys fragender Blick ermutigt mich, weiterzusprechen.

Ich erzähle ihr vom Tod meiner Tante, die für mich wie eine Mutter war, und von all den Umständen, die mich an meiner Identität zweifeln lassen.

Dann greife ich in meine Tasche und ziehe den Artikel aus dem *Hauptstadt Kurier* heraus.

Selbstmord im Milieu. Junge Mutter tot im Bordell.

Ivy zuckt merklich zusammen: »Wie, sagtest du, lautet noch mal dein Name?«

»Toni.«

»Dein Nachname!«

»Gerber. Warum?«

Schockiert hält Ivy die Hand vor den Mund. »Du bist im Sommer 2001 geboren. Richtig?«

»Woher weißt du das?«

Ivy zeigt auf den Artikel. »Ivette, ich heiße Ivette Reinhard.«

Verdutzt starre ich sie an. »Das heißt …«

Tränen laufen Ivy über die Wangen, als sie sich zu erinnern scheint.

Dann steht sie auf und geht zur Anrichte. »Ich brauche einen Schnaps«, sagt sie und kippt einen Klaren auf ex. »Willst du auch einen?«

»Nein, aber … aber sag, was weißt du über meine Mutter?« Hoffnung keimt in mir auf.

»Nicht viel, Liebes.«

»Alles ist mehr als nichts«, flehe ich.

»Ich kam erst im November 2001 nach Berlin. Es war Frank …«

»Frank?«

»Frank Lehnhoff. Er holte mich in seinen Club *Evita* …« Ivys Tonfall schwingt vor Stolz, als sie den Namen erwähnt. »Damals wurde viel für die Legalisierung der Prostitution getan. Sexarbeit sollte anerkannt und unsere Bedingungen verbessert werden. Frank tat einiges dafür.«

Ich verstehe nicht, was sie mir damit sagen will. »Aber warum hat sich meine Mutter dann umgebracht?«

»Toni, ich weiß es nicht.«

»Aber du kanntest sie doch!«

»Ja, aber … aber eben nicht sehr lange. Klar, wir hatten den gleichen Humor und haben uns … irgendwie angefreundet. Soweit das möglich ist, wenn man tagtäglich anschaffen muss.«

»Irgendwas musst du doch mitbekommen haben?«

»Ja«, Ivys Miene verdüsterte sich, »sie war oft traurig und in sich gekehrt. Wer konnte es ihr verübeln?«

»Ja, anschaffen ist scheiße!«

»Nicht nur deswegen. Sie musste dich oft heimlich mitbringen, weil ihre Schwester nicht immer auf dich aufpassen konnte. Das war Frank ein Dorn im Auge. Und, oh mein Gott …« Ivy gießt sich erneut einen Klaren ein und kippt ihn auf ex.

Erwartungsvoll sehe ich sie an. »Was?«

»In der Nacht, als Frank sie fand … du warst auch da!«

»Und dann? Was ist passiert? Kanntest du meinen Vater?«, frage ich ungeduldig.

»Nein, sie hat nie über ihn gesprochen. Es war, als gäbe es keinen Vater. Deshalb wurde in der Silvesternacht noch das Jugendamt informiert. Sie nahmen dich in Obhut.«

»Und dieser Frank? Frank Lehnhoff? Gibt es ihn noch?«, frage ich.

»Das *Evita* konnte er danach vergessen. Der Presserummel vertrieb die Kunden. Schon nach wenigen Wochen machte er den Laden dicht. Er tauchte eine Weile unter. Inzwischen jobbt er als Stellvertreter im *Apollo*.« Ivy zuckt mit den Schultern.

D a s *Apollo* kenne ich. Ein Großraumbordell am Potsdamer Platz.

Mein Handy vibriert in der Tasche.

Eine WhatsApp-Nachricht: *Entweder du tauchst jetzt im Velvet auf oder …*

Mit einem Ruck stehe ich auf. »Ivy, danke, du hast mir sehr geholfen.«

»Aber wir haben doch noch gar nicht über deinen Ausstieg –«

»Das holen wir nach!«, rufe ich im Gehen.

EINUNDDREISSIG

»Mit Verlaub, Herr von Oswald«, die Stimme des Dezernatsleiters, die aus Benedikts Lautsprecher tönte, bebte vor Anspannung. »Die Schlagzeilen morgen werden wenig erfreulich sein.«

»Damit war zu rechnen.«

»Man wirft uns ein großes Versagen vor!«

»Mit Verlaub, Herr Dr. Salm«, mischte sich Stark ein, »meines Wissens sind nicht wir es, die Vogt haben entkommen lassen.«

»Aber wir sind es, die ihn finden müssen, *schleunigst!*«

»Wir suchen ihn«, entgegnete Benedikt und wieder fühlte er sich einfach nur noch müde, »die Fahndung läuft längst auf Hochtouren.«

»Jaja«, wiegelte Dr. Salm ab, »und die Telefone stehen hier nicht still. Fast achthundert Hinweise sind inzwischen eingegangen. Jeder behauptet, Vogt irgendwo gesehen zu haben. Natürlich sind jede Menge Trittbrettfahrer, Spinner und Scherzbolde darunter …«

»Wie immer«, seufzte Stark.

»… die auszusieben uns unnötig Zeit kostet.« Verärgert schnappte Dr. Salm nach Luft. »Derweil mordet Vogt munter weiter. Zwei neue Opfer schon seit seiner Flucht vorgestern. *Zwei!* Unfassbar!«

Stark wollte etwas erwidern.

»Und es gibt nichts«, kam Dr. Salm ihr zuvor, »wirklich nichts, was uns bei den beiden Opfern einen Hinweis auf seinen Aufenthaltsort gibt, habe ich Sie da richtig verstanden?«

»Richtig«, antwortete Stark, »das erste Opfer, Alina Bratzlaw, scheint nur ein Zufallsopfer gewesen zu sein. Direkt nach seiner Flucht hat Vogt vermutlich bei ihr Unterschlupf gesucht.«

»Und was ist mit dem zweiten Opfer heute?«

»Das zweite Opfer, eine gewisse Ludmilla Heinzberg, nein, bei ihr ist zur Stunde nicht klar, wieso ausgerechnet sie zu seinem Opfer wurde, aber …« Stark zögerte.

»Ja?«, drängelte Dr. Salm ungeduldig.

»Wir gehen davon aus, dass sie keineswegs ein Zufallsopfer war. Und dass Vogt mit dem Mord an ihr eine …«, wieder stockte Stark, als müsste sie sich ihre Worte reiflich überlegen, »eine Botschaft übermitteln möchte.«

»Was denn für eine Botschaft?«

»Wenn wir das wüssten, hätten wir es Ihnen gesagt.«

Dr. Salm knurrte verstimmt. »Seine Opfer damals waren Prostituierte.«

»Das stimmt.«

»Hat diese Ludmilla Heinzberg als Prostituierte gearbeitet?«

»*Nein!*«, zischte Benedikt, einen Tick zu heftig.

Stark sah ihn überrascht an.

Dr. Salm dagegen schien es nicht zu bemerken. »Vielleicht hat sie Vogt gekannt«, sagte er stattdessen.

»Unwahrscheinlich«, meinte Benedikt, während er nach Luft schnappte, »sie war ja gerade einmal geboren, als Vogt damals der Prozess gemacht wurde.«

»Gibt es eine verwandtschaftliche Beziehung?«

»Soweit wir wissen, hat Vogt keinerlei Angehörigen mehr.«

»Vielleicht hat sie ihn auch einfach nur im Gefängnis besucht«, mutmaßte Dr. Salm, »so was gibt's ja immer wieder, Killergroupies, die –«

»Auch das ist ausgeschlossen«, fiel Stark ihm ins Wort, »weil wir inzwischen wissen, dass Vogt bis auf seinen Anwalt Rooks von niemandem sonst Besuch erhalten hat.«

»Dann statten sie diesem Rooks einen Besuch ab!«

»Frau Buschmann und Pospiech suchen ihn bereits.«

»Wieso *suchen*?«

»Weil auch er verschwunden ist.«

»Was soll das heißen?«

»Dass er weg ist. Und zwar spurlos.«

»Schon klar«, blaffte Dr. Salm, »das habe ich verstanden, aber – wie kann er denn einfach verschwinden?«

»Das versuchen wir, herauszufinden, und …« Den Rest von Starks Worten bekam Benedikt nicht mehr mit.

Mit einem Mal wurden ihm die Strapazen dieses Tages zu viel.

Schwindel ließ ihn taumeln.

Seine Hand mit dem Handy sank kraftlos herab und das Gerät rutschte ihm fast aus den Fingern.

»Herr von Oswald?«, klang Dr. Salms Stimme wie aus weiter Entfernung.

Es war Stark, die nach dem Telefon griff. »Setz dich, Benedikt«, sagte sie zu ihm. Dann zu Dr. Salm: »Wenn sonst nichts weiter ist, dann …«

»Was ist mit Herrn von Oswald?«

»Er ist …«

Benedikt hob schwach eine Hand, um seine Kollegin zum Schweigen zu bringen.

»… nur kurz unpässlich.« Er spürte ihren besorgten Blick, während sie den Lautsprecher deaktivierte und sich das Handy ans Ohr hielt.

»Ja, Herr Dr. Salm, natürlich, das machen wir.« Stark legte auf und reichte Benedikt das Telefon zurück. »Was ist los?«

»Nichts.« Er winkte ab.

»Irgendwas ist doch?«

»Vielleicht der Magen«, ächzte Benedikt. »Mir ist schlecht.« Und das war nicht einmal gelogen. »Was wollte der Chef?«

»Unsere Berichte, und zwar schleunigst.«

Benedikt stöhnte bei der Vorstellung, jetzt noch aufs Dezernat zu fahren und den Papierkram zu erledigen.

»Ich mach das«, meinte Stark.

»Nein, ich muss –«

»Du fährst nach Hause. Kurierst dich aus.«

»Aber –«

»Damit du bis morgen früh wieder fit bist zur Besprechung.« Mit diesen Worten ging Stark zum Passat. »Na los, ich fahr dich nach Hause.«

»Ach was, ich laufe.«

»In deinem Zustand?«

»Ist doch gleich um die Ecke.«

»Trotzdem!«

»Ein bisschen frische Luft tut mir gut.«

»Steig ein!«, zischte Stark, und ihm wurde klar, dass sie keine Ruhe geben würde.

Also folgte er ihr zum Wagen.

Als sie den Motor startete, sprang das Radio an.

In den Nachrichten waren die Flucht und die beiden neuen Morde des Monsters von Berlin das Top-Thema.

Erschöpft ließ Benedikt seinen Kopf gegen die Stütze sinken.

Mila ist tot.

Sein Blick irrte zum Fenster raus.

Als sie am Koreaner vorbeifuhren, bei dem er in den vergangenen drei Wochen oft mit Mila gegessen hatte, rollte eine einsame Träne langsam über seine Wange.

Rasch wischte er sie weg.

ZWEIUNDDREISSIG

In einem kleinen Apfel, da sieht es lustig aus …

»Komm schon, Kleine, schneller!«, treibt er mich an.

… es sind darin fünf Stübchen, grad wie in einem Haus.

»Reit schneller, komm schon!« Seine linke Hand krallt sich fest in meine Hüfte, während die rechte meine Brust hart knetet.

In jedem Stübchen wohnen zwei Kernchen schwarz und klein …

Sein Alkoholatem weht mir ins Gesicht, vermischt mit dem scharfen Geruch von Schweiß. Mein Magen dreht sich um.

»Schneller!«, japst er ein letztes Mal.

… die liegen drin und träumen, vom warmen Sonnenschein.

»Uh, ja!«, kommt er lautstark, bäumt sich auf und krallt beide Hände fest in meinen Hintern.

Während er sich das Kondom abstreift, frische ich mich am Waschbecken auf. Sein Schweiß und das billige Parfum kleben an mir.

Als ich mich wieder zu ihm umdrehe, hat sich mein Freier bereits angezogen. Er grinst. »Wat 'n geiler Ritt!«

»Hat's dir gefallen?«, hauche ich und kippe das Fenster an, um frische Luft hereinzulassen.

»Viktor hat nicht zu viel versprochen.«

Er steht auf und will das Zimmer verlassen.

»Hey«, rufe ich empört, »was ist mit meiner Kohle?«

»Herzchen, ich hatte noch einen gut.« Sein Grinsen wird noch breiter.

Ich schüttle den Kopf. »Aber sicher nicht bei mir.«

Mit einer schnellen Bewegung steht er plötzlich direkt vor mir, mit seiner rechten Hand greift er nach meinem Ohr und drückt fest zu.

Unter dem stechenden Schmerz gehe ich in die Knie.

Von oben herab funkeln mich seine Augen bedrohlich an. »Nee, aber bei Viktor«, zischt er und gibt meinem Kopf einen Schubs.

Eine Träne rollt über meine Wange, die ich hastig wegwische, während ich mich aufs Bett ziehe und ankleide.

Schon klopft es erneut an der Tür.

Fünf Freier später bin ich fertig und stapfe zum Ausgang.

»Na«, lächelt Chantal, »heute warst du fleißig.«

Mit einem Kopfnicken quittiere ich ihre Bemerkung.

»Nun mal nicht so betrübt, Viktor wird sich freuen.«

»Danke für die Erinnerung«, gifte ich Chantal an.

»Gern geschehen. Apropos, er war vorhin hier. Du sollst dich bei ihm melden.«

»Ja, mache ich«, antworte ich und verlasse das *Velvet*.

Die eiskalte Berliner Nacht umhüllt mich, und ich ziehe den Mantel enger um meine Hüfte.

Eine dunkle Gestalt kauert im Hauseingang neben dem

216

Velvet. Rasch laufe ich schneller. Erst sechs Straßen weiter bleibe ich stehen und ziehe mein Handy heraus.

Sechs verpasste Anrufe. Mehrere ungelesene WhatsApp-Nachrichten von Alex.

Wo bist du? 22.30 Uhr.

Wir sind verabredet! 22.28 Uhr.

Schatz, im Ernst. Wo bleibst du? Ich mache mir Sorgen!!! 23.04 Uhr.

Ich geb auf. Mach, was du willst. 23.19 Uhr.

Als ich die Uhrzeit checke, erschrecke ich.

23.48 Uhr.

Unschlüssig stehe ich auf dem Bürgersteig und trete nervös von einem Bein aufs andere.

Selbstmord im Milieu.

Alex wird jetzt sicher schlafen und wenn ich ihn wecke, gibt es Diskussionen und ich muss mich erklären.

Deine Mutter, die Hure.

Ein neuerlicher Blick aufs Handy.

23.51 Uhr.

Kurzerhand entschließe ich mich, ins *Apollo* zu fahren.

Ich setze mich in Bewegung.

Der kalte Wind fegt über die Berliner Straße.

Ein Schauer läuft mir über den Rücken; es fühlt sich an, als würde mir jemand folgen.

Ich bleibe stehen und krame in meiner Tasche, werfe dabei einen verstohlenen Blick über meine rechte Schulter.

Niemand zu sehen.

Das unbehagliche Gefühl bleibt, während ich weiter in Richtung Schönhauser Allee Arcaden gehe.

Unwillkürlich laufe ich schneller.

Plötzlich höre ich hinter mir schwere Schritte.

Panik packt mich und mein Instinkt schreit, weiterzugehen, nicht stehenzubleiben. Mein Körper will hier weg.

In geringer Entfernung sehe ich die hell erleuchteten Allee Arcaden.

Schnell husche ich quer über die Straße zur U-Bahn-Station.

Dabei übersehe ich den Uber-Lieferanten auf seinem E-Bike.

Er kann durch ein Ausweichmanöver den Zusammenstoß verhindern. Lautstark schimpft er los.

Gehetzt renne ich die Treppen zum Bahnsteig hinauf.

Gerade fährt die Bahn ein.

Die Türen öffnen sich und ich haste hinein, lasse mich schwer auf einen Sitz fallen.

Schweiß perlt auf meiner Stirn. Meine Hände zittern.

DREIUNDDREIßIG

Als die Wohnungstür ins Schloss fiel, spürte Benedikt, wie seine Knie nachgaben.

Reglos stand er da, seinen Blick auf den kleinen Flakon auf der weißen Kommode im Flur gerichtet, den er zur Erinnerung, einen neuen zu kaufen, bereitgestellt hatte.

It's a match.

Mit seinem To-go-Becher fest in der Hand und dem Rücken an die Tür gelehnt, sank er langsam zu Boden.

Die Last des Tages drückte schwer auf seine Schultern.

Was er im Passat vor Stark noch mühsam zurückgehalten hatte, brach nun heraus.

Verzweifelt liefen Tränen über sein Gesicht.

Er schlug wiederholt seinen Hinterkopf gegen die Tür, als wollte er sich die harte Realität einhämmern, jeder Schlag ein stummer Schrei der Verzweiflung.

Mila ist tot.

Es dauerte eine gefühlte Ewigkeit, bis er sich zusammenreißen konnte, sich langsam erhob und ins Wohnzimmer schlurfte. Auf dem Weg dorthin zog er seine Lederjacke aus und ließ sie achtlos auf den Dielenboden fallen. Ein dumpfer Schlag ließ ihn aufhorchen.

Benedikt bückte sich und hob die Jacke auf. Darunter lag Milas Handy.

Er hängte die Jacke über den Stuhl, setzte sich, drehte und wendete das Handy in seinen Händen.

Dein Geburtsjahr als Pin? Wirklich?

Mit zitternden Fingern entsperrte er den Bildschirm und wurde sofort von einem Selfie begrüßt, das Mila und er erst gestern in seinem Bett gemacht hatten.

It's a match.

Er öffnete WhatsApp und sah sich zahlreichen ungelesenen Nachrichten gegenüber.

Die meisten waren von Milas Freundin, Antonia Gerber.

Und von ihm selbst.

Seine Kehle war wie zugeschnürt, während er zu Instagram wechselte, ihre Kontakte überflog, bevor er zu Snapchat und Tinder weiterging.

In keiner der Apps fand er verdächtige Kontakte, abgesehen von ein paar plumpen Anmachen, auf die Mila schon seit einiger Zeit nicht mehr reagiert hatte.

»Warum?«, flüsterte er.

Für eine Weile stierte er verzweifelt auf das Handy.

Dann schaltete er es aus, stand auf, steckte es in eine der *Schubladen im Schrank und vergrub es tief zwischen Büchern, Papieren und anderem Kram.*

Warum ausgerechnet Mila?

Lehnhoff mustert mich mit einem verächtlichen Blick, als ich zögernd auf ihn zugehe.

»Kleine, hast du mal in den Spiegel geschaut?«, schnauzt er und nickt der aufgetakelten Dame hinter der Bar zu, die mich mitleidig beäugt. »Das wird hoffentlich kein Vorstellungsgespräch.«

»Nein«, stammle ich. »Ganz sicher nicht.«

»Und was willst du dann hier?«, fragt er genervt.

»Ich … ich brauche Antworten«, sage ich, mein Herz klopft bis zum Hals.

»Bist du Bulle?«, blafft er, sein Blick verengt sich misstrauisch. »Hier läuft alles nach den Regeln, klar?«

»Nein, aber meine Mutter … sie hat für dich gearbeitet. Gabi.«

»Gabi?«

»Ja, Gabi.«

»Glaubst du, ich kenne nur eine Gabi?« Sein abschätziger Blick lässt erkennen, dass sein Geduldsfaden zu reißen droht.

»Wie viele Gabis haben sich denn im *Evita* umgebracht?«, platze ich heraus, meine Stimme bebend vor Wut.

Lehnhoff springt auf, seine Hand packt meinen Oberarm wie ein Schraubstock.

Er zieht mich in einen düsteren, abgetretenen Bereich des Clubs, sein Blick durchbohrt mich. »Woher weißt du das?«

Noch ehe ich reagieren kann, greift er mein Kinn mit schmerzhaftem Druck.

Er dreht mein Gesicht hin und her, beäugt mich auf der Suche nach Antworten.

Plötzlich weiten sich seine Augen, als hätte er ein Gespenst gesehen. »Scheiße, du bist wirklich die Tochter, oder?«

»Ja«, antworte ich leise.

Unverwandt starrt er mich an.

Ich sinke auf einen der abgenutzten Stühle. »Erzähl mir von meiner Mutter.«

Schwerfällig lässt sich Lehnhoff auf den anderen Stuhl fallen, reibt seine Stirn. »Die verdammte Hure hat alles ruiniert«, knurrt er. »Erst ihr Kind …«

»Mich!«, zische ich.

»… das sie sich von ihrem Freier machen ließ. Das sie ständig mit in den Club schleppte. Ein Kind. Echt jetzt? Und dann bringt sie sich ausgerechnet dort auch noch um. Die Presse kannst du dir ja vorstellen. Da war egal, ob alles nach Vorschrift läuft. Der Club war erledigt.« Lehnhoff schüttelt den Kopf, als würde er die Erinnerungen loswerden wollen.

Es dauert einige Sekunde, bis seine Worte richtig bei mir ankommen. »Warte, was? Kind von einem Freier?«

»Sagte ich doch.«

»Welcher Freier?«

»Woher soll ich das wissen. Niemand wusste, wer der Vater war. Gabi hat nie etwas gesagt. Hat sich nur in ihrem Leid gesuhlt. Und dann … dann die Überdosis an Silvester.« Lehnhoffs Stimme tropft vor Verachtung. »Alles ging den Bach runter.«

»Tut mir ja so leid um deinen Puff«, gifte ich zurück, »aber falls du's vergessen hast, das war *meine* Mutter, die sich da umgebracht hat.«

»Ja«, knurrt er.

Ich starre ihn an. »Was weißt du noch über sie?«

»Was denn noch? Sie war eine Hure, die Kunden waren zufrieden, meistens jedenfalls. Mehr war nicht wichtig.« Mit einem genervten Seufzer erhebt er sich. »Aber warum fragst du nicht ihre Schwester?«

Ich horche auf. »Wen?«

»Ihre Schwester. Ich erinnere mich noch gut, dass die damals ständig auftauchte, weil sie sie«, Lehnhoff deutet Anführungszeichen an, »*retten* wollte.« Er lacht. Dann wird er wieder ernst. »Jetzt verschwinde. Ich hab' zu arbeiten.«

Arbeiten, denke ich bitter. *Als ob du Arschloch wirklich arbeitest.*

Schwerfällig erhebe ich mich und verlasse das *Apollo*.

Warum fragst du nicht ihre Schwester?, hallen mir Lehnhoffs Worte im Kopf.

Würde ich ja gerne.

Nur ist Tante Gitta tot.

Ihr Mann, Onkel Bernd, ein Säufer, der mir die Schuld an allem gibt.

Und ihre Tochter, Susan, hasst mich auch.

Draußen schlägt mir die eiskalte Berliner Nacht entgegen.

Hastig eile ich zur U-Bahnstation.

Ein Schluchzer löst sich aus meiner Kehle.

Den schwarzen SUV, der mit quietschenden Reifen neben mir hält, bemerke ich zu spät.

Der Fahrer springt raus und im schummrigen Licht erkenne ich den schmierigen Typen von neulich aus der U-Bahn.

Sein hämisches Grinsen lässt meine Panik aufsteigen.

Er öffnet die Tür zur Rückbank und zu meinem Entsetzen sehe ich dort Viktor sitzen. »Steig ein«, knurrt er.

Mein Fluchtinstinkt setzt zu spät ein.

Der Typ stößt mich zu Viktor auf die Rückbank und schlägt die Tür hinter mir zu.

»Püppchen, was treibst du hier?«, Viktors Augen verengen sich zu gefährlichen Schlitzen.

»Ich … ich …«

»Gehst du mir etwa fremd?« Er packt mein Haar und reißt meinen Kopf nach rechts.

Wie aus dem Nichts hält er plötzlich ein Messer in der

Hand. Die Klinge glänzt im fahlen Laternenlicht. Ich unterdrücke einen Schrei, als er die Klinge über meine Wange gleiten lässt.

»Püppchen«, wiederholt er und seine Stimme klingt bedrohlich, »wenn du mich verarschst, ziehe ich andere Seiten auf.«

Die Klinge fährt sanft weiter, streift meinen Mundwinkel und wandert hinunter zum Hals.

Panik steigt in mir auf und meine Beine beginnen, zu zittern.

»Ich gebe dir Geld, lass los, bitte«, flehe ich.

»Wie viel hast du?«

Mit zittrigen Händen krame ich mein Portemonnaie aus der Handtasche.

Viktor reißt es mir sofort aus der Hand. »Was ist das?«

»Alles … alles, was ich heute verdient habe.«

»Lächerliche 400 Euro!«

»Bitte …«

»Wir werden uns wohl doch mal mit deinem Assistenzarzt unterhalten müssen.«

»Nein, bitte, tu das nicht!«

»Püppchen, Püppchen«, er schüttelt den Kopf, während er von mir ablässt.

Dann gibt er dem Typen draußen ein Zeichen.

Dieser öffnet die Tür.

»Verschwinde«, zischt Viktor.

Mit zitternden Beinen klettere ich hinaus ins Freie.

Kurz darauf verschwindet der SUV in die Nacht.

Mein Kopf schmerzt, noch immer spüre ich die Klinge auf meiner Haut, während ich nach Hause wanke.

Unentwegt rinnen Tränen meine Wangen herab.

Ich habe keinen blassen Schimmer, was ich tun soll. Ich habe das Gefühl, mir wächst alles über den Kopf.

Ich frage mich, wie es bloß so weit hatte kommen können.

Dabei hatte alles so wunderbar begonnen, damals vor drei Jahren, als ich Viktor kennenlernte. Er war attraktiv, aufmerksam, liebevoll gewesen, ein Traumtyp. Weil ich von Tante Gitta und Onkel Bernd nicht viel mit auf den Weg bekommen hatte, bot er mir an, mir bei den Kosten fürs Studium und meiner WG mit Lu zu helfen.

Kurz schwebte ich auf Wolke sieben.

Bis Viktor sein wahres Gesicht zeigte und mir sagte, dass alles seinen Preis habe, und zwar sehr bald.

Andernfalls ...

Ich verdränge die Erinnerung daran.

Ich habe Charlottenburg erreicht, schleppe mich die Helmholtzstraße entlang bis zu unserem Haus.

Als ich in Parterre die Tür zu unserer Wohnung entriegele, fällt mir das defekte Schloss fast entgegen.

Ich schaudere, weil ich prompt an Viktors Drohung denken muss.

Sonst brauchen wir gar nicht abschließen, weil eh jeder rein kann.

Im Badezimmerspiegel blickt mir eine Fremde entgegen.

Ich wende mich ab, ziehe mir meinen Pyjama an, schleiche mich ins Schlafzimmer.

Da liegt Alex und schnarcht.

Fast heule ich wieder los.

Stattdessen robbe ich mich unter seine Decke und schmiege mich an ihn.

Er stöhnt im Schlaf und wendet sich ab.

Ich verspüre einen Stich im Herzen.

Alles in mir drängt danach, mit ihm zu reden. Ihm alles zu erzählen.

Aber ich kann ihm einfach nicht die Wahrheit sagen.

Ich habe Angst, ihn zu verlieren.

Ich schließe die Augen, wälze mich herum, überzeugt davon, dass ich diese Nacht keinen Schlaf finden werde.

Berliner Kurier, 30.3.2024

Serienmörder aus Haft entkommen

MONSTER VON BERLIN SCHLÄGT WIEDER ZU!

Von Hardy Sackowitz

Berlin. Vor zwei Tagen ist der als Monster von Berlin berüchtigte Serienmörder Hermann Otto Vogt aus der Haft entkommen. Jetzt hat er schon zum zweiten Mal zugeschlagen!

Sein jüngstes Opfer: Ludmilla H., 24, die Vogt offenbar auf die gleiche Weise zurichtete wie seine Opfer vor fünfundzwanzig Jahren: gefoltert, missbraucht und mit einem Messer entstellt.

Derweil tappt die Polizei auf der Suche nach dem brutalen Mörder weiterhin im Dunkeln: Unbestätigte Quellen berichteten, dass mehrere Hundert Hinweise eingegangen sind, keiner davon führte allerdings zu Vogt.

Die Nachricht seiner Flucht sorgt unter der Bevölkerung für Panik. Viele Menschen trauen sich nicht mehr allein auf die Straße. Wo steckt das Monster von Berlin?

Inzwischen wächst die Kritik an Justiz und Polizei. Erste Stimmen fordern Konsequenzen für das Versagen der Sicherheitsbehörden.

FÜNFUNDDREIßIG

»Habe ich es Ihnen nicht gesagt?« Aufgebracht stapfte Dr. Salm in den Konferenzraum und knallte den *Berliner Kurier* auf den Tisch.

Kurz streifte sein Blick die im Raum versammelten Personen – Dr. Bodde, Dr. Wittpfuhl, Buschmann, Pospiech –, bevor er an Benedikt und Stark hängenblieb.

»Habe ich es nicht gesagt?«, wiederholte er, während er mit dem Finger auf die Titelseite tippte.

Monster von Berlin schlägt wieder zu!

Benedikt hielt sich zurück mit einer Antwort, und an den Mienen seiner Kollegen glaubte er, zu erkennen, dass es ihnen ähnlich erging.

Denn natürlich sorgte sich der Dezernatsleiter nicht um die schreiende Schlagzeile, sondern vielmehr um den Text – und die darin enthaltenen Vorwürfe.

Inzwischen wächst die Kritik an Justiz und Polizei. Erste Stimmen fordern Konsequenzen für das Versagen der Sicherheitsbehörden.

»Also«, wand Buschmann ein, »dass Vogt aus der Haft entkommen ist, kann man uns wohl kaum anlasten.«

»Aber dass er sich immer noch auf freiem Fuß befindet und weitermordet«, blaffte Dr. Salm.

Für einen Moment hüllten sich alle in Schweigen.

Einzig Benedikt griff nach seinem To-go-Becher und nippte am Ingwertee.

Was ihm einen weiteren finsteren Blick von Dr. Salm einbrachte.

Dann wendete dieser sich Buschmann zu. »Haben wir inzwischen Antwort auf die Frage erhalten, *wieso* Vogt überhaupt aus der Charité entkommen konnte?«

Verzagt schüttelte Buschmann den Kopf. »Der behandelnde Arzt selbst will die Flucht nicht einmal bemerkt haben.«

»Ja, aber«, Pospiech schnappte nach Luft, »er hat Vogt auf Toilette gehen lassen, von wo dieser dann verschwunden ist.«

»Und was ist mit den Wachleuten, die Vogt begleitet haben?«, fragte Dr. Salm.

»Es war nur *ein* Wachmann«, erwiderte Pospiech voller Empörung, »und der stand draußen und hat geraucht.«

Sofort setzte Dr. Salm zu einer neuerlichen Tirade an.

»Aber«, kam Buschmann ihm zuvor, »der Arzt hat erklärt, Vogts Gesundheitszustand scheine sehr kritisch zu sein. Man gebe ihm noch ein halbes Jahr, maximal. Ohne medizinische Versorgung eher weniger.«

»Und wie soll uns *das* jetzt weiterhelfen?«

»Nun«, meinte Buschmann, »*vielleicht* sucht er sich ja gerade deshalb irgendwo medizinische Hilfe.«

Benedikt nickte. »Die Ärzte in Berlin und Brandenburg

müssen über diese Möglichkeit informiert werden, und wie sie sich im Ernstfall gegenüber Vogt verhalten.«

»Genau, schon längst geschehen«, ließ Pospiech mit stolzgeschwellter Brust wissen.

Zu seinem Pech ging Dr. Salm nicht darauf ein. »Und was ist mit der Möglichkeit, dass er anderweitig Hilfe bekommt? Zum Beispiel bei seiner Familie?«

»Unwahrscheinlich«, erwiderte Buschmann, »Geschwister hatte er keine, Eltern sind längst verstorben.«

»Ehemalige Freunde?«

»Sein damaliges Umfeld wurde inzwischen auf den Kopf gestellt – ohne Ergebnis.«

»Wenn ich mich recht entsinne, hatte Vogt damals eine Freundin«, wand Stark ein.

»Ex-Freundin«, verbesserte Buschmann, »aber die ist vor einem Jahr einem Krebsleiden erlegen. Deren Tochter lebt inzwischen in München, sie steht unter Polizeischutz. Dort ist er bisher nicht aufgetaucht.«

Dr. Salm räusperte sich. »Hatten Sie, Frau Stark, nicht gestern Vogts Anwalt erwähnt?«

»Ja, einen gewissen Rooks.«

»Was ist mit ihm?«

»Auch er ist wie vom Erdboden verschluckt.« Buschmann rieb sich den Rücken. »Seine Ex-Frau will nichts mehr mit ihm zu tun haben, und Viktor Novac behauptet, ihn seit Langem nicht mehr gesehen zu haben.«

»Und wer ist jetzt dieser Viktor Novac?«, fragte Dr. Salm.

»Jener Puffbetreiber«, erklärte Buschmann, »in dessen Club Vogt damals sein letztes Opfer fand.«

»Der damals doch in den Zeugenschutz gegangen ist«, erinnerte Stark.

»Ja, aber er hat sich offenbar nicht an die Vereinbarungen gehalten«, erklärte Pospiech. »Jedenfalls haben wir ihn im Dunstkreis eines Puffs angetroffen, dem *Velvet*. Dort scheint er einige Mädchen am Laufen zu haben.«

»Ja und?«

»Ja nichts. Er will Vogt seit fünfundzwanzig Jahren weder gesehen noch gehört haben.«

Verstimmt verzog Dr. Salm sein Gesicht. »Und was ist mit den beiden neuen Opfern? Gibt es da eine Verbindung zu Vogt?«

»Fingerabdrücke«, sagte Stark, »Fasern, Hautschuppen, somit auch DNA – zweifelsfrei ist Vogt der Mörder.« Sie blickte zu Dr. Bodde.

»Frau Stark hat recht«, die Kriminaltechnikerin nickte, »außerdem haben wir –«

»Das meinte ich nicht«, fiel ihr Dr. Salm ins Wort. »Was ich wissen wollte: In welcher Verbindung standen die beiden Opfer zu Vogt?«

»Wie gestern schon erklärt«, sagte Stark, »wir gehen davon aus, dass das erste Opfer, Alina Bratzlaw, nur ein

Zufallsopfer war. Sie kehrte von einem Mittagessen mit ihrer Schwester zurück, kreuzte dabei wohl den Weg von Vogt, der dringend einen ersten Unterschlupf suchte.«

»Und das zweite Opfer?«

»Ihr Name ist Ludmilla Heinzberg«, erklärte Stark.

Benedikt zuckte zusammen, als er seine Kollegin Milas Namen sagen hörte.

Mila ist tot.

»Zur Stunde«, fuhr Stark fort, »gehen wir davon aus, dass auch Ludmilla Heinzberg wahrscheinlich nur zufällig Opfer von Vogt wurde, vermutlich weil er erneut Unterschlupf suchte.«

»Jedenfalls«, ergänzte Buschmann, »haben wir auch von ihr keine Verbindung zu Vogt herstellen können.«

»Das heißt«, vorwurfsvoll blickte Dr. Salm in die Runde, »wir haben zur Stunde rein gar nichts, was uns bei der Suche nach Vogt weiterhilft.«

»Das kann man so nicht sagen«, bemerkte Dr. Bodde.

Alle Blicke richteten sich auf sie.

Es war Dr. Salm, der fragte: »Was meinen Sie damit?«

SECHSUNDDREIßIG

Verschlafen reibe ich mir die Augen, ein Gähnen entfährt mir, während ich mich strecke.

Mein Kopf schmerzt dort, wo Viktor mich gestern an den Haaren gerissen hat. Noch immer glaube ich, seine Messerklinge an meiner Wange zu spüren.

Ich blinzele nach links, wo Alex liegen sollte.

Wo bleibst du? Ich mache mir Sorgen.

Aus der Küche höre ich das vertraute Rattern des Kaffeevollautomaten.

Für einen Moment verspüre ich Erleichterung, die aber ebenso rasch wieder verfliegt.

Ich geb auf. Mach was du willst!

Der Wunsch nach frisch gebrühten Kaffee ist das Einzige, was mich jetzt antreibt.

Langsam erhebe ich mich.

Auf dem Weg ins Badezimmer schaue ich in die Küche.

Dort sitzt Alex und starrt mich an.

Alles in mir drängt weiter ins Bad, aber aus irgendeinem Grund, den ich selbst nicht verstehe, verharre ich auf der Stelle.

»Was ist bloß los mit dir?«, fragt er unvermittelt.

»Was …«, ich schlucke, »was soll sein?«

»Meinst du nicht, du steigerst dich da in was rein?«

»Alex, ich –«

»Seit der Beerdigung deiner Tante bist du wie … wie von Sinnen.«

»Kannst du das denn nicht verstehen?«

»Nein, ich verstehe nicht, wie du –«

»Bis vor wenigen Tagen habe ich nicht gewusst, wer ich wirklich bin.«

»Du bist meine Freundin!«

»Und wer meine Mutter ist«, übergehe ich Alex' Einwurf. »Oder mein Vater.«

»Ich liebe dich!«

Ich schnappe nach Luft, weil ich begreife, dass er mich tatsächlich nicht versteht.

Aber wie auch?

Wie soll jemand, der wohlbehütet aufgewachsen ist, begreifen, wie es sich anfühlt, wenn man bei der Tante, dem Onkel, der Cousine aufwächst, die einen ständig nur dulden, aber nie akzeptieren.

Traurig zucke ich mit den Schultern, stelle meine Lieblingstasse unter den Auslauf und beobachte, wie sich der Kaffee in die Tasse ergießt.

»Außerdem«, sage ich in das Rattern des Mahlwerks, »Lu ist tot.«

Erst als der Kaffeevollautomat verstummt, reagiert Alex darauf. »Was ist denn eigentlich genau passiert?«

»Sie wurde ermordet«, höre ich mich flüstern.

Bestürzt starrt Alex mich an. »Warum?«

»Ich weiß nicht, warum.«

»Aber –«

»Sie wurde ermordet. *Ermordet!* Verdammt, reicht das nicht?«

Noch ehe Alex antworten kann, klingelt es an der Wohnungstür.

Fast bin ich erleichtert über die Ablenkung.

Alex scheint es nicht anders zu ergehen. »Das ist sicher der Hausmeister«, er eilt bereits in die Diele davon, »er wollte heute das Schloss austauschen.«

Kurz darauf höre ich von der Wohnungstür her Stimmen.

Obwohl ich gerade erst aufgestanden bin, fühle ich mich erschöpft. Ich sinke an den Tisch, unfähig zu einem klaren Gedanken.

»Toni«, Alex kehrt mit verwirrter Miene zurück.

Verzagt blicke ich zu ihm auf.

»Er sagt, er sei ein guter Freund von dir.«

Lächelnd schiebt sich Viktors schmieriger Handlanger an Alex vorbei in die Küche.

SIEBENUNDDREIßIG

Für einen Moment herrschte Schweigen im Konferenzraum. Das Dr. Salm schließlich brach. »Frau Dr. Bodde, was genau meinen Sie?«

Die Kriminaltechnikerin räusperte sich. »Wir haben an beiden Tatorten Fasern, Haare, Hautschuppen, also DNA sichern können, die zweifelsfrei Vogt zuzuordnen ist.«

»Das wissen wir doch bereits«, kritisierte Dr. Salm.

»Darüber hinaus«, fuhr Dr. Bodde ungerührt fort, »haben wir bei Opfer eins im Mülleimer eine Jacke gefunden. Eine orangefarbene Jacke von Lieferando.«

»Ja und?«

»Auch daran konnten wir Fingerabdrücke, Fasern, Haare und Hautschuppen von Vogt sichern.«

»Ich verstehe immer noch nicht, wie uns das weiterhilft«, beschwerte sich Dr. Salm.

Ähnlich erging es auch Benedikt.

»Außerdem«, erklärte Dr. Bodde weiter, »sicherten wir an der Jacke aber auch Fingerabdrücke, Haare, Hautschuppen, kurzum die DNA eines weiteren Mannes.«

»Welcher Mann?«, wunderte sich Benedikt.

»Dem bis dato unbekannten Toten in der Laubenpieperkolonie Plötzensee.«

»Warum sagen Sie das erst jetzt?«, beschwerte sich Dr. Salm.

»Darüber«, Dr. Bodde schnaubte wenig vergnügt, »wollte ich Sie gerade eben bereits informieren, doch da haben Sie mich unterbrochen.«

»Und wie ist der Mann umgekommen?«

»Eine Zeugin«, platzte es aus Pospiech heraus, »erklärte, einen zweiten Mann bei dem Toten gesehen zu haben, und dass es Streit zwischen ihnen gab …«

»Aber sie war dement, verwirrt«, warf Benedikt ein, »alles andere als eine verlässliche Zeugin.«

»Ja, aber –«

»Und obendrein deutete vieles darauf hin, dass es sich bei seinem Tod nur um einen bedauerlichen Unfall handelte. Der Mann schien gestürzt zu sein, hatte sich den Kopf am Bordstein geschlagen.«

»Hat er auch«, meldete sich Dr. Wittpfuhl zu Wort, »mit großer Wahrscheinlichkeit aber bei einem Sturz in Folge einer Auseinandersetzung. Bei der Obduktion habe ich Abwehrverletzungen an seinen Händen feststellen können.«

»War denn der Sturz auch die Todesursache?«, hakte Pospiech nach.

»Nein«, Dr. Wittpfuhl schüttelte den Kopf, »ihm wurde das Genick gebrochen.«

»Er wurde also ermordet«, konstatierte Benedikt.

»Verflixt, es war Mord!«, stieß Pospiech voller Empörung hervor. »Hab' ich euch das nicht gesagt?«

Benedikt ging nicht darauf ein. »Was hatte der Tote mit Vogt zu kriegen?«

»Also die Antwort auf *diese* Frage, Herr von Oswald, liegt außerhalb meines Verantwortungsbereichs.«

»Was auch immer«, mischte sich Dr. Salm ein, »zweifellos ist der Mann ein weiteres Opfer von Vogt.«

»Das ist doch wohl offensichtlich«, pflichtete Pospiech ihm bei.

»Das erklärt aber noch immer nicht, in welcher Verbindung der Tote zu Vogt stand«, gab Benedikt zu bedenken.

»Wissen wir denn inzwischen, wer der Tote ist?«, fragte Dr. Salm.

»Ja«, sagte Buschmann, »es gab vorgestern Abend die Anzeige einer jungen Frau, die ihren Freund vermisst gemeldet hat, was wiederum zu einer Anzeige passte, die Lieferando gegen einen seiner Fahrradkuriere gestellt hat.«

»Echt jetzt?« Benedikt glaubte, sich verhört zu haben. »Vogt hatte sich in der Laube versteckt ...«

»... und ja«, beendete Buschmann seinen Satz, »und hat sich dorthin ein Frühstück bestellt.«

»Auch ein Mörder hat Hunger«, bemerkte Stark.

»Wie hat er das geschafft, ohne Handy, Bankkonto?«, wunderte sich Benedikt. »Der Mann saß fünfzehn Jahre im Knast.«

Buschmann nickte, als hätte sie die Frage erwartet. »Wir

gehen davon aus, dass er das Handy seines ersten Opfers, Bratzlaw, dafür benutzt hat. Und das Fahrrad und die Jacke des Kuriers, um danach aus der Gartenanlage zu entkommen.«

»Eine andere Frage scheint mir wichtiger«, meinte Stark.

»Welche?«, fragte Dr. Salm.

»Was Vogt überhaupt in der Kolonie zu suchen hatte.«

»Möglicherweise hat er dort ebenfalls Unterschlupf gesucht«, mutmaßte Benedikt.

»Oder er kennt vielleicht jemanden dort«, sagte Buschmann. »Von früher.«

»Hätten wir das bei Vogts Überprüfung nicht festgestellt?«, zweifelte Buschmann.

»Vielleicht«, sagte Stark.

»Vielleicht aber auch nicht«, meinte Benedikt. Ihm kam ein anderer Gedanke. »Was ist mit dem Besitzer der Nachbarslaube?«

»Siegfried Kosczinski? Der ist verstorben, wie oft soll ich das noch sagen?«, maulte Pospiech.

»Ja«, brummte Benedikt, »ich weiß, dass er verstorben ist, aber hatte ich dir nicht aufgetragen, seine Witwe zu kontaktieren?«

»Hab' ich gemacht!«

»Ja und?«

»Ich hab' sie nicht erreicht.«

»Und dann?«

»Ja, aber dann kam die Sache mit Vogt, die Morde, unsere Suche nach Rooks und –«

»Und du hast es vergessen!«

»Und du warst es, der gesagt hat, es sei doch eh nur ein Unfall gewesen.«

»Herrgott«, fluchte Benedikt, »ruf die Witwe von dem Kosczinski an! Sie soll zur Laube kommen! Wir müssen da rein!«

ACHTUNDDREIßIG

Meiner entgeisterten Miene scheint Alex auf Anhieb zu entnehmen, dass etwas nicht stimmt. Viktors schmieriger Handlanger steht lächelnd neben ihm.

Er sagt, er sei ein guter Freund von dir.

»Toni?«, fragt Alex besorgt.

Aber ich kriege kein Wort über die Lippen.

Stattdessen sagt der Typ: »Püppchen«, und er lächelt, »hast du denn keine Manieren?«

Ich schweige.

»Willst du mich nicht vorstellen?«, fragt der Typ.

»Toni!«, Alex' irritierter Blick wechselt zwischen ihm und mir. »Was ist los?«

»Das kann ich dir sagen«, antwortet der Typ an meiner Stelle, »dein Püppchen hat nämlich ein paar Probleme.«

»Wovon reden Sie?«

»Ich rede davon, dass Viktor mächtig sauer ist auf sie.«

»Und wer zum Teufel ist Viktor?«

Ich schlucke, will etwas sagen, aber – *was?*

»Sag bloß?« Der Typ lacht auf. »Sie hat dir nichts von Viktor erzählt?«

»Ich habe keine –«

»Viktor, ihre große Liebe.« Noch ein Lachen. »Aber das ist lang her, was, Püppchen?«

Wieder geht Alex' Blick zu mir.

Alles in mir drängt raus aus der Küche, aus der Wohnung, aus der Stadt, weit weg.

Am besten für immer.

»Wie auch immer«, der Typ zuckt mit den Achseln, während er Alex grinsend fixiert, »Viktor würde dich …«

»Hör auf!«, höre ich mich unvermittelt zischen.

»… sehr gerne mal kennenlernen.«

»Verschwinde!«

»Außerdem soll ich dir ausrichten, dass …«

»Hau ab!«

»… dein Püppchen ihm –«

»SOFORT!«

Das Grinsen des Typen wird breiter.

»Vielleicht gehen Sie jetzt besser!« Alex zeigt zur Tür.

Aber der Typ rührt sich nicht vom Fleck.

»Gehen Sie jetzt, bitte!«

Grinsend bleibt der Typ stehen.

»Gehen Sie!«, verlangt Alex und tut einen Schritt auf ihn zu.

»Alex«, stoße ich hervor.

»Gehen Sie«, wiederholt Alex, »oder –«

»Oder was?« Der Typ lacht.

»Ich rufe die Polizei!« Alex zückt sein Handy.

Was den Typen noch lauter lachen lässt. »Ich glaube nicht, dass das im Sinne deines Püppchens –«

»Hauen Sie ab!«, sagt Alex und will den Typen in die Diele schieben.

»Alex!«, rufe ich.

Zu spät.

Schon knallt der Typ ihm die Faust ins Gesicht.

Alex stolpert rückwärts durch den Raum.

»Alex!«, schreie ich und will zu ihm.

Der Typ schubst mich beiseite.

Ich stolpere, knalle gegen den Schrank.

»Toni«, stößt Alex hervor, dem das Blut aus der Nase läuft. Er stapft auf den Typen zu.

Dieser verpasst ihm einen weiteren Hieb, diesmal in den Bauch.

Würgend klappt Alex zu Boden.

»Dein Püppchen hat Schulden«, zischt der Typ ihm ins Gesicht. »Achttausend Euro. Plus Zinsen. Und Zinseszinsen.« Dann tritt er ihm mit voller Wucht in die Seite.

Vor Schmerz heult Alex auf.

Noch einmal tritt der Typ zu. Dabei schaut er zu mir. »Schaff das Geld ran, hast du verstanden?«

Dann dreht der Typ sich um und verschwindet.

NEUNUNDDREIßIG

Die kalte Luft stach Benedikt ins Gesicht, als er mit Stark durch das knarzende Tor auf den Hauptweg der Laubenpieperkolonie Plötzensee schritt.

Als sie ihr Ziel erreichten, die achte Parzelle links, fanden sie das Grundstück mit der kleinen Hütte verlassen vor.

Noch ein paar Blutspuren waren am Bordstein zu erkennen, dort wo der Tote mit seinem Schädel aufgeschlagen war, darüber hinaus die Markierungen der Kriminaltechniker, die Spuren gesichert hatten.

Von der Witwe des Besitzers war weit und breit nichts zu sehen.

Auch nach einer Viertelstunde tauchte niemand bei ihnen auf.

Benedikt zückte sein Handy und wählte Pospiechs Nummer.

»Benedikt«, meldete er sich sofort.

»Hast du die Witwe von Kosczinski angerufen?«

»Natürlich.«

»Ja und?«

»Ich hab' sie nicht erreicht.«

»Herrgott!«

»Ja, aber ich hab' ihr auf den Anrufbeantworter gesprochen.«

»Fahr zu ihr hin, hol sie ab. «

»Ist sie denn noch nicht aufgetaucht?«

»Würde ich dich sonst anrufen?« Verärgert legte Benedikt auf und drehte sich zu seiner Kollegin um.

Stark eilte auf eine ältere Dame mit Dackel zu, die zum Haupteingang heraustrippelte. *»Hallo!«*

Als die Dame sie bemerkte, lief sie prompt schneller.

Stark setzte ihr nach. *»Warten Sie doch!«*

Die Dame beschleunigte noch einmal ihre Schritte. Ihren Vierbeiner schleifte sie an der Leine hinter sich her.

»Wir sind von der Polizei!« Aus ihrer Jacke zückte Stark ihren Dienstausweis und wedelte damit. *»Polizei, Sie brauchen keine Angst zu haben!«*

Kurz schien es, als würde die Dame ihr nicht glauben. Dann aber warf sie einen Blick über die Schulter und blieb stehen.

Benedikt eilte ebenfalls auf sie zu. »Frau Weinreich?«

Erleichterung mischte sich in die Miene der alten Dame. »Und ich …«, sie keuchte, »und ich dachte schon, Sie … Sie wollen mich auch … auch umbringen.«

»Wie kommen Sie darauf?«

»Na«, Weinreich ächzte, »nach … nach dem Mord vorgestern Morgen … da weiß man doch nie.«

»Beruhigen Sie sich«, meinte Stark, »Ihnen droht keine Gefahr.«

Weinreich nickte, während sie sich zu ihrem hechelnden

Dackel runterbeugte und ihn ebenfalls beruhigend tätschelte.

»Wir warten nur auf Frau Kosczinski.«

»Die Ingrid?« Weinreich runzelte die Stirn.

»Kennen Sie sie?«

»Natürlich, sie … sie ist eine gute Freundin.«

»Wann haben Sie sie zuletzt gesehen?«

»Ach, das … das ist, glaube ich, schon ein paar Tage her.«

»Sagten Sie nicht, sie sei regelmäßig hier.«

»Regelmäßig ist wohl übertrieben, aber ja, seit Siegfried verstorben ist, also ihr Mann, da ist Ingrid häufiger in der Laube, weil diese für ihren Mann sein Ein und Alles war. Sie kommt oft zum Trauern und um sich ihm näher zu fühlen.«

»War sie vorgestern Morgen da?«

»Falls ja, habe ich sie nicht gesehen, aber …«, verzagt verzog Weinreich ihr Gesicht, »es war ja alles sehr … sehr aufregend an dem Morgen.«

»Hat sie Ihnen je etwas von einem Herrmann Otto Vogt erzählt?«

»Wem?«

»Der Name sagt Ihnen nichts?«

»Nein, wer soll das sein?«

»Sie haben nicht die letzten Tage die Nachrichten verfolgt?«

»Ach, wissen Sie«, Weinreich schüttelte den Kopf, »so viel Elend, Krieg und Tod«, ihr trauriger Blick huschte über den Weg zur Parzelle sieben, »und jetzt ist man davor nicht einmal mehr hier sicher.«

Benedikt dankte ihr und wollte zurück zur Gartenhütte.

»Aber warum fragen Sie das alles nicht Ingrid selbst?«, rief ihm Weinreich nach.

Verwundert drehte er sich zu ihr um. »Wie meinen Sie das?«

»Ingrid ist doch hier.«

»Nein, sie —«

»Ich hab' ihr Auto ein Stück die Straße runter stehen sehen.«

Benedikt suchte den Blick seiner Kollegin.

Stark eilte bereits auf die Gartenhütte zu.

VIERZIG

»Oh Gott, Alex, was ist passiert?«, ruft die aufgetakelte Schwester mit weit aufgerissenen Augen und einer Hand vor dem Mund, als ich Alex in die Notaufnahme führe.

Ihre Stimme zittert vor Entsetzen, während ihre funkelnden Ohrringe bei jeder Bewegung klimpern.

Einer von Alex' Kollegen hastet herbei.

Gemeinsam verschwinden alle in einem Behandlungszimmer am Ende des Gangs.

Mit hängenden Schultern bleibe ich wie erstarrt im grellen Licht der Notaufnahme zurück.

»Du bist doch die Freundin von Alex, oder?«, fragt eine sanfte Stimme, fast wie ein Flüstern, das mich aus meiner Trance reißt. Eine Krankenschwester steht hinter mir. »Willst du ein Wasser?«

»Ja, bitte«, antworte ich und schleiche langsam zu einem Stuhl.

Die Pflegerin kommt mit einem Glas zurück und reicht es mir mit einem verständnisvollen Lächeln. »Ich gebe dir Bescheid, sobald du zu ihm kannst«, sagt sie und verschwindet in einem anderen Behandlungsraum.

Mein Magen zieht sich schmerzhaft zusammen, als ob er Antworten fordern würde, die ich nicht geben will.

Wie zum Teufel soll ich Alex das alles nur erklären?

Mein Handy vibriert.

Ich hoffe, meine Nachricht ist angekommen. Viktor.

Ich widerstehe dem Wunsch, mein Handy mit voller Wucht in die Ecke zu schleudern.

Nach einer gefühlten Ewigkeit nähert sich ein Arzt mit besorgter Miene. »Sie sind Alex' Freundin?«

»Ja, wie geht es ihm?«

»Den Umständen entsprechend. Er hat eine gebrochene Nase, zwei seiner Rippen sind geprellt. Nichts, was nicht wieder wird.«

Ich möchte Erleichterung verspüren, weil Alex nicht wirklich schlimmen Schaden davongetragen hat.

Aber was ist mit dem Schaden, den unsere Beziehung erlitten hat?

»Was ist mit ihm passiert?«, höre ich den Arzt fragen.

Ich schlucke.

»Alex sagt, er hätte einen Unfall gehabt.« Noch ehe ich etwas erwidern kann, fügt der Arzt hinzu. »Aber wenn ich ehrlich zu Ihnen sein darf ...« Mehr sagt er nicht.

Auch ich hülle mich in Schweigen.

»Er möchte keine Anzeige erstatten.«

Erneut reagiere ich nicht.

Der Arzt brummt missbilligend. »Nun ...«

»Kann ich zu ihm?«, lasse ich ihn nicht ausreden.

Fast scheint es, als wolle der Arzt verneinen. Dann nickt er. »Aber nur kurz.«

Mühsam erhebe ich mich und stehe nun vor einer kaum lösbaren Aufgabe.

So viel Verständnis Alex in der Vergangenheit für meine nächtlichen Ausflüge auch hatte, die Wahrheit wird ihn niederschmettern.

Noch mehr als die Schläge von diesem Typen.

Kurz stehe ich wieder davor, das Weite zu suchen, als sich die Tür zum Behandlungszimmer öffnet.

Die aufgetakelte Schwester tritt in den Flur und rennt mich fast über den Haufen.

»Oh, entschuldige«, sagt sie entnervt und schaut mich abschätzig an.

Zögernd betrete ich das Behandlungszimmer und setze mich auf den kühlen, harten Hocker neben dem Krankenbett.

Alex' wundes Gesicht ist frisch verbunden, doch der Anblick der Verbände versetzt mir trotzdem einen Stich.

Als er versucht, sich aufzurichten, entweicht ihm ein Schmerzensschrei, und er greift sich an die Rippen.

Für Sekunden hüllen wir uns in Schweigen.

Vielleicht auch für Minuten.

Nur das Piepen des Überwachungsmonitors, an dem Alex angeschlossen ist, füllt die Stille.

Bis er endlich die Frage stellt, die ich so sehr fürchte. »Was wollte dieser Typ von dir?«

Sofort schießen mir die Tränen in die Augen. »Ich …

also … ich …« Der dicke Kloß in meinem Hals erstickt die Worte, die ich nicht aussprechen kann.

»Toni!«, presst Alex hervor.

Ich schüttele den Kopf, kriege kein Wort über die Lippen.

»Verdammt, Toni!« Noch während er flucht, stößt Alex einen weiteren Schmerzenslaut aus.

Ich hole tief Luft und versuche, meine zitternde Stimme zu kontrollieren.

Was soll ich sagen?

Die Wahrheit! Endlich die Wahrheit!

»Ich …«, trotzdem fällt es mir schwer, es auszusprechen, »ich gehe anschaffen.«

Alex runzelt die Stirn. »Wie? Anschaffen?«

»Als …«, ich atme tief durch, »als Prostituierte.«

Für einen Moment schaut er mich nur an. Dann: »Soll das ein Witz sein?«

Erneut deute ich ein Kopfschütteln an. »Nein, ich …«

»Jetzt ist wohl kaum der richtige Zeitpunkt für Witze!«

»Nein, Alex, nein, es stimmt. Ich gehe anschaffen.«

»Aber —«

»Ich mach das nicht freiwillig«, füge ich rasch hinzu und höre selbst, wie lächerlich das klingt. »Ich habe Schulden. Bei Viktor. Er hat mir keine andere Wahl gelassen, verstehst du?«

»Nein, nicht wirklich.«

»Ich war mit ihm zusammen, lange vor dir, er war nett, lieb, er hat mir Geld geliehen fürs Studium, für die WG mit Lu und …« Der Gedanke an Lu lässt mich aufstöhnen.

Lu ist tot.

»Aber dann«, fahre ich fort, »hat er sein wahres Gesicht gezeigt. Er wollte das Geld von mir zurück, und zwar sofort. Er hat mir gedroht, mich geschlagen und …« Meine Stimme erlahmt. »Ich hatte keine andere Wahl«, flüstere ich.

»So ein Blödsinn!«, sagt Alex. »Jeder hat eine Wahl.«

Und wahrscheinlich hat er sogar recht. Aber er weiß nicht, wie Viktor sein kann.

Obwohl, denke ich im selben Augenblick, *inzwischen weiß er es.*

»Warum hast du nichts gesagt?«, fragt er.

»Ich …«, wieder habe ich einen Kloß im Hals, »ich konnte nicht.«

»So ein Blödsinn!«, wiederholt er, während das Piepen am Überwachungsmonitor schneller wird.

»Ich hatte Angst, was du von mir hältst.«

»So ein …«

»Dass du mich verlässt.«

»… Blödsinn, Toni, so ein …« Er schnappt nach Luft, hustet, röchelt.

»Es tut mir leid«, sage ich, bin mir aber nicht sicher, ob er es noch hört.

Das Piepen wird immer schriller.

Die Tür fliegt auf, die Krankenschwester kommt rein, gefolgt vom Arzt. »Am besten, Sie gehen jetzt.«

Ich rühre mich nicht vom Fleck.

»Sofort.«

Von der Tür aus werfe ich Alex einen letzten Blick zu. Er scheint benommen zu sein.

Vielleicht will er mich aber auch einfach nicht mehr sehen.

Ich kann es ihm nicht einmal verübeln.

EINUNDVIERZIG

Benedikt fand die Tür zur Gartenlaube nach wie vor verriegelt vor.

Drinnen waren die Vorhänge vor die Fenster gezogen.

Er wechselte einen Blick mit Stark.

»Gefahr im Verzug«, sagte sie.

Er nickte, holte mit dem Bein aus und trat zu.

Die Tür knirschte, gab aber nicht nach.

Voller Wucht trat er ein weiteres Mal zu. Mit einem Knall flog die Tür auf.

Abgestandene Luft entwich ins Freie – und noch ein anderer strenger, vertrauter Geruch.

Auch Stark schien ihn bemerkt zu haben. *»Hallo?«*, rief sie dennoch. *»Frau Kosczinski?«*

Keine Antwort.

»Frau Kosczinski, hier ist die Polizei.«

Nichts.

»Wir kommen jetzt rein!« Stark streifte sich Einweghandschuhe über.

Benedikt folgte ihrem Beispiel.

Nacheinander betraten sie die Laube, die in ein düsteres Halblicht getaucht war.

Lediglich durch die geöffnete Tür fiel das Tageslicht.

Es gab den Blick frei auf antike Möbel, rustikale Kissen,

eine Decke, auf dem Boden versprengt ein paar Bücher und eine Handtasche.

»Gottverdammt!«, fluchte Benedikt.

Auf einem Stuhl hing eine Frau, ihr Kopf unnatürlich nach vorn gekippt. Ihre Kleidung, dicke Winterklamotten, teilweise zerrissen.

Mit einem groben Seil waren ihr die Arme hinter der Stuhllehne zusammengebunden worden, ihre Füße an die Stuhlbeine gefesselt.

Behutsam hob Stark ihren Kopf an.

Ein Stück Stoff war als Knebel fest um ihren Mund gewickelt.

Ihre Augen geschlossen.

Die Leichenstarre hatte bereits eingesetzt.

»Was glaubst du, wie lange sie schon tot ist?«, fragte Benedikt.

Stark beäugte die Leiche aus der Nähe. »Zwei Tage, nicht länger, aber –«

»Und, ist sie da?« Weinreich tauchte mit ihrem Dackel im Türrahmen auf. »Sie ist …« Ihre Stimme erlahmte, als sie die Leiche entdeckte. Ihre Augen weiteten sich vor Schreck. »Oh mein Gott, Ingrid!«

Stark schob sie sanft, aber bestimmt nach draußen.

Unterdessen ließ Benedikt seinen Blick durch die Laube kreisen. In der Ecke lagen die Überreste eines zerbrochenen Blumentopfs, verstreute Erde.

Wahrscheinlich hatte die Frau jemanden überrascht.

Er hörte Stark, die draußen mit dem Dezernat telefonierte, Schutzpolizeibeamte herbeiorderte und auch die Spurensicherung verständigte.

Sein Blick kehrte zurück zur Leiche.

Zwei Tage, nicht länger.

»Gottverdammte Scheiße!«

ZWEIUNDVIERZIG

Draußen schnappe ich erst einmal nach Luft.

Ich fühle mich, als hätte Viktors Typ nicht nur Alex, sondern auch mich in die Mangel genommen.

Nur dass man mir meine Schmerzen nicht ansieht.

Wie benommen laufe ich zum Hauptbahnhof.

Erst als ich dort ankomme, frage ich mich, wohin ich überhaupt will.

Ich habe keinen blassen Schimmer.

Zurück nach Hause will ich nicht. Zu meiner Freundin kann ich nicht.

Lu ist tot.

Ich könnte schreien vor Wut. Trauer. Vor Verzweiflung.

Verdammt, wohin will ich? Woher komme ich? Und vor allem: *Wer* bin ich überhaupt?

Das große Dilemma meines Lebens.

Was mich auflachen lässt. Es klingt wie das Lachen einer Irren.

Einige der Passanten gucken mich befremdlich an.

Wie von selbst zücke ich mein Handy und wähle die Nummer von Onkel Bernd.

»Was willst du?«, schallt mir seine Stimme ins Ohr. Seine Frage klingt kalt und abweisend, wie der plötzliche Windstoß, der mich trifft.

»Bist du zu Hause?«, übergehe ich seine Frage.

Sein verächtliches Schnauben verheißt nichts Gutes.

»Wozu?«

»Ich will mit dir reden.«

»Kannst du mich nicht einfach in Ruhe lassen?«

»Kann ich«, sein Zorn löst etwas in mir aus, einen überraschenden Trotz, »wenn du mir endlich meine Fragen beantwortest.«

»Du und deine Sippe, ihr habt mein Leben zerstört!« Sein Schmerz schlägt durch jede Silbe wie ein Fausthieb.

Aber darauf gehe ich jetzt nicht ein. »In einer Stunde bin ich bei dir.« Ohne ein weiteres Wort lege ich auf.

Während ich über den Washingtonplatz haste, wundere ich mich über meine plötzliche Entschlossenheit, aber vielleicht liegt es daran, dass mir jetzt eh alles egal ist.

Die Wahrheit ist raus.

Endlich die Wahrheit!

Meine Wahrheit.

Jetzt will ich auch den letzten Rest erfahren, koste es, was es wolle.

Vor dem Eingang zum Bahnhof reihen sich die Taxen auf wie die Perlen auf einer Kette. Busse rattern vorbei. Autos hupen.

Drinnen eilen Menschen wild umher.

Eilig laufe ich die Treppe zum Bahnsteig hinauf, erwische mit einem beherzten Ausfallschritt die S-Bahn.

Ich sinke auf einen freien Sitz, mein Puls rast, Schweißtropfen perlen von meiner Stirn.

Hastig öffne ich meinen Mantel und ziehe den dunkelroten Schal von meinem Hals.

Ich blicke auf mein Handy, will Alex eine Nachricht schicken.

Doch was soll ich ihm sagen?

Ich packe das Telefon in meine Tasche.

Die S-Bahn hält am Bahnhof Bellevue.

Eine Gruppe gut gelaunter junger Frauen steigt ein, in ihrer Mitte eine Braut mit Schleier.

Alle lachen und kichern zur schwungvollen Musik der zwei Straßenmusiker, die ebenfalls zugestiegen sind.

Ich beneide sie um ihre Ausgelassenheit. Ihre Normalität.

Mein Leben ist reinstes Chaos.

Eine halbe Stunde später erreiche ich mein Ziel.

Eine alte Frau verlässt gerade das Haus, sodass ich durch die offene Tür ins Treppenhaus schlüpfen kann.

Dreimal klopfe ich mit der Faust gegen die Wohnungstür, bis sich im Inneren der Wohnung etwas zu bewegen scheint.

»Was willst du hier?«, knurrt Bernd, als er öffnet. Der Wohnung entweicht abgestandene Luft und der Dunst von Alkohol.

»Ich will mit dir reden, hab' ich gesagt.«

»Und ich hab' dir gesagt, dass ich … Hey, was soll das?«

Ich schiebe mich an ihm vorbei, stapfe durch den Flur und verkneife mir einen Kommentar zum Zustand der Wohnung, um ihn nicht noch mehr zu verprellen.

Unterdessen wankt Bernd mir nach. Er mosert und meckert vor sich hin und lässt sich auf der verdreckten Couch nieder.

Ein zusammengeknülltes Kopfkissen und eine Bettdecke liegen in der Ecke. Die dunkelbraunen Flecken auf dem Sofa erinnern an die blutige Nase von vorgestern.

Zwischen Schnaps- und Bierflaschen, leeren Kippenschachteln und einer verschmierten Fernbedienung steht ein Karton mit den Resten einer Pizza.

Bernd sieht aus wie ein Häufchen Elend, als er nach der einzigen vollen Bierflasche greift.

Ich schiebe die Bettdecke beiseite und setze mich ihm schräg gegenüber. »Was weißt du über meine Mutter?«

Erdrückendes Schweigen breitet sich im Raum aus.

»Was weißt du?«, drängle ich, ohne ihn aus den Augen zu lassen.

Er wiegt den Kopf hin und her, reibt sich die Stirn.

»*Was?*«, zische ich.

Er atmet tief ein und aus. »Du gibst sowieso nicht auf, oder?«

»Nein!«, sage ich und denke: *Wozu auch?*

Ich habe nichts mehr zu verlieren.

DREIUNDVIERZIG

Erst trafen die Schutzpolizeibeamten ein, die ein weiteres Mal einen Großteil der Laubenpieperkolonie abriegelten.

Kurz darauf fuhr Dr. Wittpfuhl vor.

»Und Sie sind sich sicher, dass ich hier vonnöten bin?«, murrte er, während er sich einen Schutzanzug überstreifte.

»Diesmal müssen wir sichergehen«, sagte Benedikt.

Der Gerichtsmediziner hielt inne. »Diesmal?«

»Bei dem Toten, der vor zwei Tagen vor der Gartenhütte aufgefunden wurde, sind wir von einem Unfall ausgegangen.«

»Das war kein Unfall, ihm wurde das Genick gebrochen.«

»Das war zu dem Zeitpunkt aber nicht ersichtlich, weswegen wir auch die Nachbarshütte nicht weiter überprüft haben.«

Dr. Wittpfuhl wollte etwas sagen.

»Außerdem wurden wir zu einem Mordfall gerufen«, kam Benedikt ihm zuvor. »Das erste Opfer von Vogt.«

»Was, wie wir jetzt wissen«, Stark deutete in die Laube, »vermutlich sogar schon das zweite Opfer von ihm war.«

Mit einem grimmigen Brummen stapfte Dr. Wittpfuhl in die Hütte. Vor der Leiche blieb er stehen. »Was wollen Sie von mir hören?«

»Wie lange ist die Frau schon tot?«, fragte Benedikt.

»Angesichts der Kälte hier in der Hütte, der nicht sonderlich ausgeprägten Leichenflecken – zwei, drei Tage, nicht sehr viel länger.«

»Woran ist sie gestorben?«

Dr. Wittpfuhl ging vor der Leiche in die Hocke, berührte ihren Kopf, hob ihn vorsichtig etwas an, drehte ihn nach links und nach rechts. »Mit großer Wahrscheinlichkeit ein weiterer Genickbruch, aber mit Sicherheit kann ich Ihnen das –«

»Danke«, unterbrach ihn Stark.

Dr. Wittpfuhl musterte sie. »Das war alles?«

»Zur Stunde schon.«

»Unerhört!« Kopfschüttelnd marschierte der Gerichtsmediziner nach draußen.

Weitere Stimmen ertönten, denen wenig später Dr. Bodde und ihr Team folgten.

Um den Kriminaltechnikern in der kleinen Hütte nicht im Weg zu stehen, traten Benedikt und Stark wieder nach draußen.

Auf dem Weg zurück zu ihrem Wagen schnappte Benedikt nach Luft. *»Herrgott, Leon hatte recht!«*

»Mag sein«, Stark seufzte, »das ändert jetzt aber auch nichts mehr.«

»Wir hätten schon vor zwei Tagen in der Laube nachsehen müssen.«

»Alles deutete auf einen Unfall hin.«

»Aber die Zeugin hat gesagt, sie habe den Mord gesehen.«

»Sie war dement, das hast du selbst gesagt. Kaum verlässlich, woher hätten wir –«

»Trotzdem!«

»Außerdem, vergiss das nicht, wir wurden zu einem anderen Mord gerufen.«

Benedikt verspürte Wut in sich aufsteigen, obwohl er nicht einmal wusste, auf wen genau. Auf Vogt, der sein mörderischen Unwesen trieb? Auf sich selbst und sein Versäumnis?

Mila ist tot!

»Und selbst wenn«, sagte Stark, »selbst wenn wir die Leiche vor zwei Tagen gefunden hätten, was hätte es geändert?«

»Vielleicht hat die Frau zu dem Zeitpunkt noch gelebt.«

»Es hätte nichts geändert.«

»Vielleicht befand sich Vogt sogar noch in der Hütte, hat sich vor uns versteckt.«

»Das glaubst du doch selbst nicht.«

»Vielleicht hätten wir die beiden Morde verhindern können.«

»Vielleicht. Vielleicht aber auch nicht.«

»Gottverdammt, kapierst du nicht? Hätten wir nur besser hingehört, wären Bratzlaw, Mila und –«

»Wer ist Mila?«, fiel Stark ihm ins Wort.

Benedikt schluckte, als er seinen Patzer bemerkte.

»Benedikt«, sagte Stark, während sie jedes einzelne Wort streng betonte, »wieso *Mila?*«

VIERUNDVIERZIG

»Toni«, setzt Onkel Bernd zum inzwischen dritten Mal an, seine Stimme zitternd.

Ich warte, dass er endlich zu erzählen beginnt.

Er reibt sich das Gesicht, als könnte er die Verzweiflung wegwischen. »Deine Mutter Gabi …«, presst er hervor, schaut mich an, als würde er darauf hoffen, dass ich aufgebe, aufstehe, gehe und das Thema, meine Mutter, einfach alles vergesse.

Schweigend erwidere ich seinen Blick.

Er seufzt. »Gabi und ihre Schwester, deine Tante Gitta, sie waren wie Tag und Nacht. Gitta sehnte sich nach Sicherheit und Geborgenheit, sie war immer schon das *Hausmütterchen*. So hat Gabi sie genannt.« Er lächelt und blickt zum Fernseher, wo irgendeine Serie läuft.

Ich greife nach der Fernbedienung und schalte ihn aus. »Und Gabi?«

Kurz hat es den Anschein, als wolle er protestieren, aber dann sacken seine Schultern wieder herab. Ihm fehlt die Kraft. »Gabi, deine Mutter, sie stürzte sich in jedes Abenteuer, das sich ihr bot. Sie wollte, nein, sie *musste* alles ausprobieren, Partys, Drogen, Männer, einfach alles. Für sie war Gitta nur eine Stubenhockerin, die ihr Leben verschwendete. Irgendwann kam es zum Streit …«

»Was für ein Streit?«

»Gitta redete ihr ständig ins Gewissen, warnte sie, drohte ihr.«

»Und …«

»… deine Mutter? Ließ sich natürlich nichts sagen.« Bernd nickt versonnen. »Ja, manchmal konnte sie ziemlich dickköpfig sein.« Er hebt den Blick zu mir. »Du bist deiner Mutter sehr ähnlich, Toni.«

Kurz lasse ich seine Worte auf mich wirken.

Du bist deiner Mutter sehr ähnlich, Toni.

Wohl nicht nur in dieser Sache.

Du und deine Mutter, die … die Hure!

Ich verdränge den Gedanken. »Und dann?«

»Dann …« Bernd atmet tief ein und aus. »Danach wechselten sie kein Wort mehr miteinander.«

»Kein Wort mehr? Nie wieder?«

»Ja doch, natürlich, wenn auch … wenn auch nur durch Zufall. Um Susans ersten Geburtstag herum traf Gitta zufällig auf deine Mutter, am Görlitzer Bahnhof. Sie war zugedröhnt, mit blauen Flecken übersät an Armen, Beinen und im Gesicht. Gitta wollte mit ihr ins Krankenhaus, doch deine Mutter weigerte sich. Also brachte Gitta sie mit her zu uns.«

»Was ist ihr passiert?«, frage ich, die Beklommenheit in meiner Stimme nicht verbergend.

»Weiß nicht so genau.« Bernd winkt ab. »Doch deine

Tante war seit dieser Begegnung in ständiger Sorge. Alles drehte sich nur noch um deine Mutter …« Bernds Stimme bricht. »Gitta hat es sich zur Aufgabe gemacht, deine Mutter zu retten, dabei …« Er stockt wieder. »Dabei war sie längst verloren.«

Noch ehe ich ihn fragen kann, was er damit meint, steht Onkel Bernd auf und schwankt ins Bad.

Ich nutze die Zeit, um ein Fenster zu öffnen.

Die frische Luft strömt herein und vertreibt den erstickenden Geruch der Verzweiflung.

Als mein Onkel mit einer neuen Flasche Bier zurückkehrt, fasse ich meine Gedanken kurz zusammen. »Bernd, von ihrem ehemaligen Zuhälter weiß ich, dass sie sich in der Silvesternacht im *Evita* das Leben genommen hat. Eine ehemalige Kollegin hat Gitta wohl informiert.«

Er belässt es bei einem verbitterten Kopfnicken.

»Aber zwei Fragen bleiben immer noch offen«, fahre ich fort. »Warum hat sie das getan und wer ist mein Vater?«

»Das weiß ich nicht«, sagt Bernd und öffnet die Bierflasche. »Gitta hat nie ein Wort darüber verloren, offenbar hatte sie es deiner Mutter wohl versprochen«, knurrt er und klingt nicht, als hätte er je viel Verständnis dafür gehabt. »Aber mit mir hätte sie reden sollen, mit mir! Stattdessen hat sie alles in sich hineingefressen. Kein Wunder, dass sie …«, Bernds Augen füllen sich mit Tränen, »… krank wurde.«

»Bernd, das tut mir leid, aber wie kannst du mich für all das verantwortlich machen?«

Unwirsch winkt er ab.

»Ich kann doch nichts dafür!« Noch während ich es ausspreche, kommt mir ein anderer Gedanke. Ich wage ihn kaum, auszusprechen. »Hat sie sich … wegen mir …«

»Nein«, fällt mir Bernd ins Wort.

Zweifelnd sehe ich ihn an.

»Nein«, wiederholt er, »nein. Schuld war, wenn überhaupt, wohl dein … dein Erzeuger.«

»Mein Vater?«

»Dein Vater muss ein ziemliches Arschloch gewesen sein.«

»Ich dachte, du weißt nichts über ihn.«

»Weiß ich auch nicht«, schnaubend zuckt Bernd die Achseln, »das ist nur das, was ich mitbekommen habe.«

»Was denn genau?«

Erneut hebt er die Schultern. »Dass er ein Arschloch war. Dass er sie wohl damit … mit dem Baby …«

»Mit mir!«

»Mit dir hat sitzen lassen. Zumindest habe ich mir das zusammengereimt. Musste ich ja. Mit mir hat ja keiner geredet.« Er greift zur Bierflasche, will sie an die Lippen führen, hält auf halbem Weg aber inne.

»Aber dir, dir hat Gitta noch einen Brief geschrieben … vor ihrem Tod.«

»Und du … du hast ihn verbrannt!« Meine Wut lodert auf, als ich an die Asche auf dem Tisch denken muss.

»Das habe ich«, stößt er hervor, »weil sie dir geschrieben hat, nicht mir, ihrem Mann, oder Susi, ihrer Tochter, nein, dir! *Dir!«* Seine Hand ballt sich zur Faust.

Ich brauche einen Augenblick, meine Wut herunterzuschlucken.

»Damit hast du mir die letzte Hoffnung auf Antworten genommen«, presse ich hervor.

Bernd ignoriert meine Wut. Er steht auf, geht zögerlich zum Schrank, öffnet eine Schublade und kramt darin.

Dann hält er ein Briefkuvert in der Hand.

Mir wird heiß und kalt. In meinem Kopf dreht sich alles.

Bernd wendet sich mir zu und drückt mir das Kuvert in die Hand. *»Den* sollte ich dir geben. Damit du endlich verstehst, hat Gitta gesagt.«

»Was ist das denn für ein Brief?«

»Woher soll ich das wissen? Ich sollte ihn dir *nur* geben.«

»Und was steht drin?«

»Woher soll ich das wissen? Hab' ihn nicht geöffnet.«

Erst jetzt sehe ich, dass das Kuvert noch versiegelt ist.

»Und jetzt tu uns beiden einen Gefallen«, erschöpft sinkt er auf die Couch zurück, »und lass mich in Ruhe.«

Mein Blick fällt auf das Kuvert.

Für meine liebe Antonia, steht in schwungvoller Handschrift auf dem roséfarbenen Umschlag.

Langsam erhebe ich mich.

Auf dem Weg zum Ausgang drehe ich mich um.

»Danke«, hauche ich dem Haufen Elend entgegen, das weinend auf der Couch sitzt.

Er greift nach der Fernbedienung und schaltet den Fernseher wieder ein.

Gerade laufen die Nachrichten. »Hermann Otto Vogt, das sogenannte Monster von Berlin, befindet sich weiterhin auf der Flucht.« Das Foto eines Mannes wird gezeigt. »Zwei Opfer hat er bereits gefunden, Alina B. und Ludmilla W., die –«

Kurz verspüre ich einen Stich im Herzen.

Lu ist tot!

Rasch eile ich nach draußen, den Brief fest an meine Brust gedrückt.

Mein erster Impuls ist, ins Krankenhaus zu fahren, zu Alex, um ihm zu beweisen, dass all mein Mühen belohnt wurde, dass ich recht hatte, dass ich endlich die Wahrheit erfahre darüber, was damals geschehen ist.

Deine Mutter, die Hure!

Aber ich verwerfe den Gedanken, weil ich mich davor fürchte, was er sagt. Ob er überhaupt etwas sagen wird. Oder ob ich ihm inzwischen egal bin.

Mein Handy vibriert.

Ich ignoriere es, blicke stattdessen wie gebannt auf das Kuvert.

Für meine liebe Antonia.

Ich möchte es öffnen und bringe die Kraft dazu nicht auf. Auch *davor* habe ich plötzlich Angst – vor dem, was darin geschrieben steht.

Also laufe ich zur S-Bahnstation, fahre nach Hause, weil ich nicht weiß, wohin ich sonst soll. Erst dort werde ich, so nehme ich es mir vor, den Brief lesen.

In aller Ruhe, sage ich mir.

Doch kaum in der S-Bahn, starre ich schon wieder auf Kuvert.

Für meine liebe Antonia.

Alles in mir drängt, das Kuvert aufzureißen. Aber mein Körper ist vor Furcht wie gelähmt.

Außerdem vibriert mein Handy erneut.

Ein kurzer Blick aufs Display verrät mir, dass es Onkel Bernd ist.

Für einen Moment spiele ich mit dem Gedanken, seinen Anruf entgegenzunehmen.

Lass mich in Ruhe.

Ich stecke das Handy wieder ein.

Als ich schließlich Charlottenburg erreiche und in die Helmholtzstraße biege, passiere ich einen Späti.

Ich zögere, betrete dann den Laden und greife nach einer Flasche Riesling.

Kurz muss ich an Onkel Bernd denken und seine Sauferei.

Ich verdränge den Gedanken.

Nur um deine Nerven zu beruhigen, sage ich mir.

Und weil ich mir Mut antrinken muss.

Ich bezahle die Flasche und eile zu unserem Haus.

Etwas hält mich zurück, die Haustür zu öffnen. Ich verharre einen Moment, starre auf die Fenster unserer Parterrewohnung. In deren Zimmern ist niemand, der auf mich wartet. Niemand, der mich freudig empfangen wird.

Und der mich küssen und halten wird.

Verzagt schließe ich die Tür auf.

Im Treppenhaus schlägt mir ein kalter Wind entgegen, weil die Hintertür zum Hof wieder weit offensteht.

In Schürze und Schlappen schlurft die alte Wesemeyer nach draußen, einen leeren Wäschekorb in der Hand.

»Verdammt!«, platzt es aus mir heraus. *»Wie oft denn noch?«*

Verdattert guckt sie mich an. »Wie bitte?«

»Wie oft soll ich Ihnen noch sagen, dass Sie die Tür zum Hof schließen sollen?«

»Na hören Sie mal, ich häng doch nur die Wäsche ab.«

»Und bei uns zieht die Eiseskälte in die Wohnung.«

»Da kann ich doch nix für.«

»Weil Sie die Tür weit offenlassen!«

»Ich mach sie doch wieder zu.«

»Nein, machen Sie nicht!«

»Also —«

»Von Rücksicht haben Sie alte Schachtel auch noch nichts gehört!«

Noch ehe sie etwas erwidern kann, stapfe ich weiter zu unserer Wohnung, stecke den Schlüssel ins Schloss, das noch immer wackelt, als würde es jeden Moment herausbrechen.

Ich betrete die Diele, schlage die Tür hinter mir zu und schnappe nach Luft.

Ein fremder Geruch steigt mir in der Nase.

Prompt kehrt die Erinnerung an den Überfall heute Morgen zurück.

Dein Püppchen hat Schulden. Achttausend Euro. Plus Zinsen. Und Zinseszinsen.

Viktors Drohung.

Schaff das Geld ran, hast du verstanden?

Und plötzlich habe ich ein schlechtes Gewissen, weil ich die Wesemeyer angeschrien habe. Aber irgendetwas hatte plötzlich aus mir rausgemusst, die Anspannung der letzten Tage, der Schmerz, meine Verzweiflung, die Wut – und die Angst.

Was steht in dem Brief?

Beklommen werfe ich meine Handtasche auf die Kommode, hänge meine Jacke an den Garderobenhaken und schreite mit dem Riesling durch die Diele.

Kurz bevor ich das Wohnzimmer erreiche, stutze ich.

Mir wird bewusst, dass die Wohnungstür nur zugezogen war.

Aber ich bin sicher, dass ich das Schloss, bevor ich mit

Alex ins Krankenhaus gefahren bin, zweifach verriegelt habe.

»Da bist du ja endlich«, kommt eine Stimme aus dem Wohnzimmer.

FÜNFUNDVIERZIG

Benedikt spürte den stechenden Blick seiner Kollegin. Wieso Mila?

»Glaubst du«, sagte Stark, weil er nicht reagierte, »ich hab' das gestern nicht bemerkt?«

»Was?«

»Deinen *Beinahe*-Versprecher. Während der Vernehmung von Antonia Gerber, der Freundin des Opfers.«

»Ludmilla Heinzberg.«

»Verdammt, Benedikt, spar dir das!«

»Ich habe –«

»Schon gestern wolltest du sie Mila nennen, hast dich gerade noch korrigieren können.«

»Jamina …«

»Ich dachte, ich habe mich getäuscht, dachte, vielleicht hast du doch etwas anderes sagen wollen. Aber nein«, Stark schüttelte den Kopf, »du kennst das Opfer.«

Benedikt kriegte kein Wort über die Lippen.

Stark musterte ihn streng. »*Deshalb* warst du gestern so komisch. *Deshalb* deine Wut gerade eben. Du gibst dir selbst die Schuld an ihrem Tod.«

Benedikt begriff, dass Stark ihn durchschaut hatte, besser als er sich selbst.

»Sie war deine Freundin, richtig?«

Beklommen hüllte er sich in Schweigen.

»Verdammt, Benedikt!«

»Herrgott, ich …«

»Du hättest es mir sagen müssen!«

»Ich konnte nicht.«

»Es wäre deine verdammte Pflicht gewesen!«

»Gottverdammt, ich –«

»Du bist befangen! Du darfst in dem Fall nicht ermitteln!«

»Ich muss! Ich muss dieses Schwein fassen!«

Stark seufzte. »Benedikt!«

»Das bin ich Mila schuldig.«

Fast sah es so aus, als wollte Stark loslachen. Sie beließ es bei einem Kopfschütteln, dann stapfte sie zum Wagen.

»Jamina, was hast du vor?«

Noch ehe Stark etwas erwidern konnte, klingelte Benedikts Handy.

Viel zu schnell zog er es aus seiner Jackentasche und nahm den Anruf entgegen. *»Uschi!«*

»Wo seid ihr?«

»Noch in der Laubenpieperkolonie.«

»Ihr müsst nach Charlottenburg, und zwar schnell.«

»Wieso?«

»Hier kam soeben ein Anruf rein, von einem gewissen … Bernd Ewald. Ecke Westend.«

»Und?«

»Er klang durcheinander, schien alkoholisiert, erzählte aber von seiner verstorbenen Frau Gitta, deren Schwester Gabi eine Tochter hatte. Angeblich hat diese Gabi sich vor etlichen Jahren umgebracht, woraufhin sie deren Tochter bei sich aufnahmen.«

»Was hat das mit unserem Fall zu tun?«

»Ewald behauptet, seine Nichte sei das leibliche Kind von Vogt.«

»Wie bitte?«, ächzte Benedikt. Er spürte Starks fragenden Blick und schaltete seinen Telefonlautsprecher an. »Kannst du das noch mal wiederholen, Uschi?«

»Ewalds Nichte sei Vogts Tochter«, sagte Buschmann.

Benedikt und Stark tauschten einen besorgten Blick.

Es war Stark, die fragte: »Ich dachte, Vogts familiärer Hintergrund sei umfassend geprüft worden.«

»Ja«, erwiderte Buschmann, »und ja, es *gab* keinerlei Familie. Keine Geschwister, die Eltern verstorben, seine Ex-Freundin ebenfalls. Und deren Tochter ist nach München gezogen.«

»Und woher kommt jetzt plötzlich die neue Tochter?«

»Nun, wenn sie … also … offenbar hat diese Gabi Gerber den Vater ihrer Tochter als unbekannt angegeben. Dementsprechend taucht er auch in keinerlei Unterlagen auf und –«

»Moment, Uschi!«, fiel Stark ihr ins Wort. »Wie war der Name der Mutter?«

»Gerber.«

»Antonia Gerber!«, sagte Stark.

»Oh Gott«, stieß Benedikt hervor, der ebenfalls begriff.

»Genau«, pflichtete Buschmann ihnen bei. »Die Freundin des zweiten Opfers.«

»Wie lautet Gerbers Adresse?«, fragte Benedikt und rannte bereits zum Passat.

»Helmholtzstraße in Charlottenburg«, antwortete Buschmann.

»Verständige das SEK!«, rief Stark, die sich hinter das Steuer klemmte. »Und einen Krankenwagen.«

Während Benedikt sich neben ihr auf dem Beifahrersitz fallen ließ, trennte er die Verbindung.

Stark startete den Motor, fuhr aber nicht los. Stattdessen sah sie ihn an.

»Was ist?«, fragte er. »Worauf wartest du?«

Sie seufzte. »Wir reden später weiter.« Dann gab sie Gas.

SECHSUNDVIERZIG

Reflexartig wirbele ich herum, springe zur Wohnungstür – zu spät.

Eine Hand bekommt meine Haare zu packen und reißt mich mit einem heftigen Ruck daran zurück.

In meinem Kopf explodiert ein höllischer Schmerz.

Schreiend stürze ich fast zu Boden. Gerade noch schaffe ich es, mich auf den Beinen zu halten.

Auch der Druck auf meinen Schädel lässt nach, und als ich den Mann auf mich zukommen sehe, wird mir klar, dass ich noch immer die Weinflasche in den Händen halte.

Einem Impuls folgend, hole ich damit aus.

Er scheint es vorhergesehen zu haben, duckt sich darunter weg, schiebt sich an mir vorbei.

Die Flasche kracht gegen die Wand, explodiert in aberdutzende Scherben. Ihr Inhalt verspritzt in der Diele.

»Du Schlampe«, faucht der Mann, der jetzt zwischen mir und der Wohnungstür steht. Erneut packt er nach meinen Haaren.

Diesmal kann ich ihm entweichen. *»Hilfe!«*

»Sei still!«

Durchs Küchenfenster sehe ich auf dem Hof draußen die alte Wesemeyer ihre Wäsche abhängen. *»Hilfe!«*

»Ich sagte …«

»HILFE!«

»… sei still!« Seine Faust trifft mich mitten ins Gesicht und reißt mich von den Beinen.

Während ich zu Boden stürze, sehe ich noch einmal die Wesemeyer, die sich draußen nach ihrem Wäschekorb bückt und zurück ins Haus schlurft.

Warum hört sie mich nicht? Oder will sie mich nicht hören?

Dann verschwimmt alles vor meinen Augen.

Als mein Blick wieder klarer wird, hockt der Typ vor mir.

Irgendwie kommt er mir bekannt vor, aber der Schmerz in meinem Schädel, meine Angst – ich kriege keinen klaren Gedanken zustande. »Ich …«, selbst das Reden fällt mir schwer, »ich … ich kann das Geld …«

»Was interessiert mich dein Geld«, unterbricht er mich.

»Ich werde es auftreiben, bitte, sag Viktor …«

»Und *der* interessiert mich noch viel weniger.«

»Aber –«

»Toni«, er lacht auf, »du hast keine Ahnung, wer ich bin, oder?«

Ich starre ihn an, erneut mit dem Gefühl, dass ich ihn schon einmal gesehen habe.

Bloß wo?

»Du bist wie deine Mutter«, sagt er.

Bestürzt schaue ich ihn an.

»Ja«, er grinst, »ich kannte deine Mutter.«

Meine Kehle schnürt sich zu.

»Sehr gut sogar.«

»Woher?«, höre ich mich flüstern.

Sein Grinsen wird noch breiter. »Du weißt wirklich nicht, wer ich bin.«

»Wer sind Sie?«, presse ich hervor.

Wie aus dem Nichts hält er ein Messer in der Hand. »Ich habe deine Mutter geliebt.«

Ich japse erschrocken, als die Klinge meine Wange streift.

»Aber sie«, unvermittelt schleicht sich Wut in seine Stimme, »wollte nichts von mir wissen, diese Hure. Glaubte, sie wäre was Besseres.«

Verständnislos starre ich ihn an.

»Was hat sie geglaubt, wer ich bin?« Voller Zorn spuckt er seine Frage aus.

Mich treffen seine Speicheltropfen.

»Die ganze Stadt hat vor mir gezittert!« Schlagartig erlischt sein Groll, und plötzlich grinst er wieder. »Also hab' ich ihr gezeigt, wer ich bin.«

»Wer sind Sie?«, wiederhole ich meine Frage.

Ich warte auf seine Antwort, aber er scheint mich nicht zu hören, stattdessen in seiner Erinnerung festzustecken.

Und dann schreit er plötzlich los.

SIEBENUNDVIERZIG

Weit vor der Helmholzstraße schaltete Stark sowohl Blaulicht und Martinshorn aus.

Als sie in die Straße bog, herrschte dort das übliche Gewusel aus Autos, Bussen, Lkw.

Passanten eilten geschäftig den Gehweg entlang.

Das SEK und ein Krankenwagen waren noch nicht vor Ort.

Stark parkte mit etwas Abstand.

Benedikt wollte aussteigen.

»Warte«, sagte Stark.

Sein Blick eilte zu dem Hauseingang, dem Vietnamesen daneben, dem Café. »Wir sollten keine Zeit vergeuden.«

»Wir sollten aufs SEK warten.«

Benedikt schüttelte den Kopf. »Wenn Vogt bei ihr ist, zählt jede Sekunde.«

»Benedikt!«

»Diesmal komme ich nicht zu spät.« Mit diesen Worten stieg er aus dem Wagen.

Fluchend rannte Stark ihm nach.

Unterdessen hatte er bereits die Haustür erreicht. Rasch ließ er seinen Blick über die Klingelleiste wandern, entdeckte *Wagner & Gerber.*

Er drückte bei Wesemeyer.

Aus der Gegensprechanlage krächzte eine Stimme. »Ja bitte?«

»Die Post«, sagte Benedikt.

Der Summer ging, die Tür sprang auf.

Leise huschte er in den Hausflur, dicht gefolgt von Stark.

Gerbers Wohnung lag Parterre.

Vor der Tür blieben sie stehen, lauschten gespannt ins Innere.

Von drinnen war nichts zu hören.

Benedikt fand den Blick seiner Kollegin.

Sie sah ihn erwartungsvoll an, als wollte sie fragen: *Und jetzt?*

Und dann schrie drinnen jemand.

ACHTUNDVIERZIG

»Und dann«, schreit der Mann mir wütend ins Gesicht, *»kriegt diese blöde Hure ein Kind.«*

Schlagartig zieht sich mein Magen zusammen.

Und dann kriegt diese blöde Hure ein Kind.

Er scheint mir meinen Schock anzumerken. Wieder grinst er breit. »Jetzt weißt du, wer ich bin, oder?«

Ich kann nicht anders, ich nicke und habe dabei Onkel Bernds Worte im Ohr.

Dein Vater muss ein ziemliches Arschloch gewesen sein.

»Es hat mich einige Mühe gekostet, dich zu finden«, sagt er und hält das Messer vor meinen Augen. »Andererseits«, er lächelt gehässig, »deine Freundin Ludmilla hat mich entschädigt.«

Entgeistert starre ich ihn an.

»Aber ich bin mir sicher, es hat auch ihr gefallen.«

Wie benommen schüttele ich den Kopf. »Was hast du gemacht?«

»Ich habe sie gefragt, wo du jetzt wohnst.«

»Was hast du gemacht?«, stoße ich hervor.

Er zuckt mit den Achseln. »Was ich mit den anderen auch gemacht habe.«

»Den anderen?«

»Sie gevögelt natürlich und dann —«

»Hör auf!«, blaffe ich, weil ich es nicht hören will. Ich weiß es eh.

Lu ist tot.

»Du hast sie getötet!«, presse ich hervor.

Erneut hebt er die Schultern.

»Du Schwein hast sie umgebracht!«

»Ich habe –«

»Du hast sie umgebracht!«, schreie ich ihn an.

Seine Hand, die auf mein Gesicht zuschießt, sehe ich zu spät.

Seine Faust trifft mich mit voller Wucht. Mein Schädel knallt auf den Boden. Aber der Schmerz ist mir egal. *»Du Schwein!«,* spucke ich hervor.

Wieder erwischt mich sein Schlag.

»Du Schwein!«

Noch ein Hieb.

»Du ...«

Und noch einer. Wimmernd vor Schmerz krümme ich mich am Boden. Tränen trüben meinen Blick.

»Deine Mutter war auch so ein widerspenstiges Weibsbild«, höre ich ihn sagen. »Aber geliebt habe ich sie, diese Hure!«

Als ich schlucke, schmecke ich Blut in meinem Mund.

»Und auch dich habe ich geliebt, mein Kind.«

Nicht nur das Blut lässt mich würgen.

»Alles hätte ich für euch getan.«

Ich spüre, wie bittere Magensäure in mir hochsteigt.

»Und dann?« Mit einem Ruck beugt er sich vor, bis sein Gesicht dicht vor meinem schwebt. *»Dann bringt die blöde Hure sich um.«* Sein fauliger Atem schlägt mir entgegen. *»Und ruiniert alles!«*

Ich spüre seinen aufgebrachten Blick.

»Aber nicht mit mir.« Er schüttelt den Zeigefinger, als könne er meine Mutter noch belehren. *»Nicht mit mir, du Hure!«*

Er kommt mir noch näher, bis sich unsere Nasen berühren. »Denn *ich* entscheide, wer stirbt. Ich habe *immer* entschieden, wer stirbt.«

Ich will nach Luft schnappen, aber mein Hals schnürt sich zu. Tränen schießen mir in die Augen.

»Auch jetzt, mein Kind. Von mir wird nichts mehr bleiben.«

Ich spüre ein sanftes Streicheln an meinem wunden Kopf.

»Denn auch heute entscheide *ich*.«

Ich blinzele, vertreibe die Tränen.

Dann sehe ich, wie er das Messer hebt, und plötzlich weiß ich, woher ich ihn kenne – die Fernsehnachrichten bei Onkel Bernd. Das Foto des flüchtigen Mannes.

Hermann Otto Vogt …

Endlich glaube ich, alles zu verstehen.

… das sogenannte Monster von Berlin.

Und will es dennoch nicht begreifen.

NEUNUNDVIERZIG

Noch ehe Benedikt begriff, was er tat, trat er zu.

Mit einem lauten Knall flog die Tür auf.

»Polizei!«, brüllte er, während er seine Waffe zückte und in die Diele sprang.

Rasch warf er einen Blick nach rechts ins Badezimmer. »Sicher.«

Stark überprüfte die Küche links. »Sicher.«

Aus dem Wohnzimmer drang ein verzweifeltes Wimmern.

Mit der Waffe im Anschlag stürmte Benedikt voraus. *»Vogt!«*

In derselben Sekunde explodierte ein gleißender Schmerz in seinem Bauch, gefolgt von einem harten Schlag auf den Brustkorb.

Die Waffe entglitt seinen Fingern.

»Benedikt!«, hörte er Stark hinter sich rufen.

Da bekam er noch einen Hieb verpasst.

Nein, kein Hieb, begriff er. *Einen Messerstich!*

Er taumelte nach vorn, seine Beine gaben unter ihm nach. Mit einem dumpfen Schlag prallte er gegen den Wohnzimmerschrank.

Die Welt um ihn herum begann zu verschwimmen.

Durch den Nebel seines schwindenden Bewusstseins sah

er Gerber, verletzt am Boden liegen, ihre Augen ein stummer Schrei.

Vogt beugte sich über sie.

»Stehenbleiben!«, schrie Stark.

Vogt holte mit der blutigen Klinge aus.

Benedikt hörte zwei Schüsse.

Dann nichts mehr.

EPILOG

Piep.

Ein Flackern.

Piep.

Grelles Licht. Ich blinzle.

Piep. Piep.

Langsam öffne ich meine Augen.

Piep. Piep.

Alex steht am Fenster.

»Wo …« Meine Stimme ist rau.

Alex dreht sich um. Sein Lächeln wirkt schwach und müde. »Schatz.« Seine Stimme zittert, als er sich zur mir neben das Bett setzt.

Das Hämatom um seine gebrochene Nase schimmert in grünlichen und gelben Tönen, seine Augen sind geschwollen und rot vom Weinen.

»Wo …«, setze ich erneut an, ehe meine Stimme versagt.

»Schatz, streng dich nicht an.«

»Aber …«, krächze ich. »Ich kann …«

Alex legt seine Hand auf meine Schulter. Ich kann sie kaum spüren.

»Ich hole die behandelnde Ärztin, warte.«

»Nein«, flehe ich. Ein Zucken durchfährt meinen Körper.

»Schatz, es gibt da etwas.« Alex' Kopf sinkt nach vorne, seine Hand zittert, als er seine tränenerfüllten Augen reibt.

Seine Trauer lässt auch mir die Tränen in die Augen steigen.

Ich möchte sie fortwischen, doch ich kann meinen Arm nicht bewegen. »Alex«, krächze ich wieder.

Wortlos schüttelt er den Kopf, tupft mir die Tränen aus dem Gesicht.

Seine Hand ist warm und weich, so vertraut.

»Alex«, stoße ich hervor, »was ist los?«

Der Überwachungsmonitor schlägt plötzlich an.

Piep. Piep. Piep.

Das Tempo nimmt zu, mein Herz rast.

Die Tür fliegt auf.

Ein Pfleger eilt herein, dicht gefolgt von einer Ärztin.

Ich möchte mich aufrichten, aber mein Körper gehorcht mir nicht.

Piep. Piep. Piep.

»Ein Beruhigungsmittel«, höre ich die Ärztin sagen, bevor alles in Dunkelheit versinkt.

Als ich erneut aufwache, sitzt Alex noch immer an meinem Bett. Das Zimmer ist in ein sanftes Halbdunkel getaucht. Die Lichter der Stadt sind durchs Fenster zu sehen. Alex betätigt sofort die Klingel, streichelt sanft mein Gesicht.

Die Tür geht auf. Eine Ärztin steht mit einer Akte im

Arm neben meinem Bett. »Mein Name ist Dr. Elena Petrovic. Ich bin Fachärztin für Neurochirurgie.«

Meine Augen wandern zwischen ihr und Alex hin und her.

»Frau Gerber, Sie haben eine schwere Verletzung des fünften und sechsten Halswirbels erlitten, als Sie von einem Projektil getroffen wurden.«

Mir wird heiß und kalt.

Angestrengt versuche ich, meine Füße zu bewegen, doch – ich spüre nichts. Auch meine Hände sind taub.

Sofort steigt wieder Panik auf.

»Frau Gerber«, sagt die Ärztin, »Sie müssen sich beruhigen.«

Ich kann mich nicht beruhigen, und ich will es nicht.

»Ich bin bei dir, Schatz«, besänftigt mich Alex.

Auch er richtet wenig aus. *»Und was heißt das?«,* zische ich. »Diese … diese Lähmung, sie verschwindet doch, oder?«

Dr. Petrovic schüttelt bedauernd den Kopf. »Es tut mir leid.«

Ein überwältigendes Gefühl der Verzweiflung erfasst mich.

Mein Körper kribbelt diffus, eine Mischung aus Taubheit und laufenden Ameisen macht sich breit. Ich möchte aufstehen, laufen, rennen, weit weg.

Doch ich liege bewegungslos da, gefangen in meiner eigenen Stille, unfähig, meinen inneren Aufruhr zu zeigen.

Denn ich entscheide, wer stirbt.

Die Ärztin räuspert sich. »Frau Gerber, Sie —«

»Gehen Sie««, murmle ich leise, die Augen starr an die Decke gerichtet.

Die Ärztin nickt, dann verlässt sie den Raum.

Ich habe immer entschieden, wer stirbt.

»Hat er es also doch geschafft!«, flüstere ich.

»Wer?«, fragt Alex.

»Mein …«, es fällt mir schwer, es auszusprechen, »mein Vater!«

»Nein, Toni …«

»Er hat entschieden, ob ich lebe oder nicht.«

»Nein, Toni«, wiederholt Alex harsch.

»Er hätte es zu Ende bringen sollen!«

»Toni, versteh doch. Er hatte gar nichts gemacht.«

»Er hat mich mit dem —«

»Nicht er hat dich verletzt, es war die Polizistin.«

Verständnislos starre ich ihn an.

»Sie hat geschossen, um ihn aufzuhalten.«

Ich versuche, mich zu erinnern.

»Zwei Schüsse hat sie abgegeben, einer traf deinen … deinen Vater, der andere versehentlich …« Alex stockt.

Könnte ich nicken, würde ich es jetzt tun. Ich habe verstanden. Der zweite Schuss hat mich getroffen.

Für Minuten füllt nur das Piepen der Geräte unser Schweigen.

Bis ich sage: »Geh jetzt!«

»Nein«, Alex schüttelt den Kopf, »ich —«

»Ich möchte, dass du gehst.«

»Toni, ich —«

»Geh jetzt!

»Ich will —«

»JETZT SOFORT!«

Traurig schaut Alex mich an.

Ich wende den Blick von ihm ab.

Irgendwann steht er auf und zieht sich seine Jacke an. »Aber morgen komme ich wieder.«

Ich starre zum Fenster raus. Tränen trüben meinen Blick.

Nur am Rande bekomme ich mit, wie Alex an der Tür innehält, in seine Jackentasche greift und etwas herauszieht.

Er kommt noch einmal zu mir und stellt etwas auf den Tisch am Fenster.

Erst als er das Zimmer verlassen hat, wage ich einen Blick.

An der Blumenvase mit den Rosen lehnt ein roséfarbener Umschlag.

Für meine liebe Antonia!